Nessa

AF273165

Elles

Saisons 1 & 2

ISBN : 979-1-0947-0215-4 — © Vanessa Lenot— 3ème éditions Mai 2025

Édition : BoD · Books on Demand, 31 avenue Saint-Rémy, 57600 Forbach, bod@bod.fr
Impression : Libri Plureos GmbH, Friedensallee 273, 22763 Hamburg (Allemagne)

Dédicace

Du même auteur

Raphaëla
Le choix d'une vie

Prochainement

Un si lourd secret
Elles saison 3

Saison 1: Double jeu

Douce Lyly

Pseudo : DouceLyly
Oui, ça, c'est bien.

Âge : 27 ans

Ville : Bordeaux
Quoi ? Je ne suis pas folle, je ne vais pas mettre ma vraie ville ! Et puis Bordeaux n'est qu'à 25 minutes de chez moi.

Sexe : Femme

Taille : 1m60

Poids : 69 kg

Morphologie : Quelques kilos en trop
La maternité a fait son travail.

Couleur de cheveux : Brun

Couleur des yeux : Bleue
Mon plus grand atout.

Description :...
Merde, je vais mettre quoi ?

> SOS j'ai suivi ton idée, mais ils me demandent une description.
> Donne-moi un truc sympa et drôle

> **Lolo :** Je savais que tu craquerais. Tiens mets ça, ça te correspond bien.

J'attends quelques instants devant mon ordinateur, lorsque la réponse de Lolo apparaît, je manque de m'étrangler en la lisant.

> Mais je ne vais pas écrire ça !

> **Lolo :** Fais-le ou je ne te parle plus !

> OK mais je te déteste, tu le sais ?

> **Lolo :** Moi aussi je t'aime !

Description : Femme enjouée et drôle, cherche belle tige pour relation extra-conjugale.

Testostérone obligatoire pour combler le manque d'une chatte depuis trop longtemps au chômage. CDD à pourvoir, avec possibilité d'évolution vers une amitié coquine. Minimum 18 cm en action exigée.

Dans quoi je m'embarque ?

Photo : *Euh... Je ne peux pas publier une photo*

12

de moi, mince… Bon va pour les jambes ! Oui, ça, c'est bien !

Il s'ensuit une séance photo interminable, impossible d'en prendre une correcte, si elle n'est pas floue elle est mal cadrée. *Tout ça pour des jambes, alors imaginez un peu si j'avais mis mon corps.*

Mail : *Zut! Je n'avais pas pensé à ça…*

Me voilà à créer une adresse mail exprès…

Mail : doucelyly@gmail.com

Mot de passe : motdepassepourri33

Ouai, ça je suis sûre de m'en rappeler.

S'ENREGISTRER

Bon et maintenant ?
Tiens, un message… C'est un rapide lui !

DieuDuSexe : *(waouh pas prétentieux, déjà !)* Salut poupée je vais te faire grimper aux rideaux, pour moi pas de CDD c'est un CDI assuré. T'es prête ?

DouceLyly : Next, désolée.

Quoi, c'est vrai ? D'une, je ne suis pas une poupée,

j'ai toujours eu horreur de ce surnom, de deux les mecs prétentieux comme ça je déteste! Et puis un minimum de politesse, merde!

MecEnRute: Slt toi, sa te dis une partie de jambe en lair? Je suis chô se soir!

DouceLyly: Et l'orthographe tu l'a appris sur Mars?

Niikolas: Bonjour jolie demoiselle, envie d'un moment passionné avec un homme en pleine force de l'âge? J'ai une hygiène irréprochable et petit plus je suis végan donc autant dire que je prends soin de moi et de mon corps.

Mouai pourquoi pas? Au moment où je vais pour répondre mon téléphone annonce un texto.

Lolo: Alors meuf ça donne quoi?

Ça donne un prétentieux, un inculte et un végan, génial hein!

Lolo: Prétentieux oubli souvent ce sont des cure-dents, végan oubli aussi il ne te bouffera jamais la chatte, l'inculte tu t'en fous s'il baise bien!

Il ne me bouffera jamais la chatte? Mais pourquoi?

Lolo: bah il est végan meuf, il mange pas d'animal

Je me mets à exploser de rire. Mais qu'elle est conne celle-là des fois.

Lolo: Demande-lui une photo de sa langue à l'inculte

Une photo de sa langue?

Lolo: ouai s'il a une bonne grosse langue c'est léchage avec sensations assurées! Et puis au moins il ne parlera pas.

Putain tu me désespères. Aller bonne nuit je coupe tout ça.

Lolo: Ne Fais pas ta coincée, lâche-toi ta fouffe te remerciera. Kiss meuf je t'aime

Pourquoi est-ce que je l'ai écoutée ? Tout ça ne va rien amener de bon je ferais mieux d'oublier cette histoire.

Kinder

Comme souvent le soir en ce moment le temps ne passe pas. Je décide de me connecter sur le site où je me suis inscrit il y a maintenant quelques mois. Je n'y ai fait que très peu de rencontres, les femmes seules s'y font rares, le plus souvent ce sont des couples à la recherche d'un amant pour un trio.

Déjà dix minutes que je parcours les nouvelles fiches quand l'une d'elles attire mon attention, un fou rire me prend en lisant sa description. Au moins, elle ne manque pas d'humour.

Elle me plaît, elle ! Lyly...

SexyKinder : Bonjour Douce Lyly, quel joli pseudo qui promet de grandes choses... J'ai été mandaté par l'État afin de faire baisser la courbe du chômage même si pour cela la température doit monter d'un cran. L'idée de vous offrir un CDD est très tentante... 18 cm... Madame est exigeante, mais ne dit-on pas que la taille ne fait pas tout ? Dans l'attente de vous lire   afin de discuter de votre contrat. Votre dévoué Kinder (pour la surprise, je vous la garde de côté).

Oh, la vache ! Si elle répond à ça ...

Il ne faut pourtant que quelques minutes avant qu'une alerte ne sonne sur mon ordinateur.

DouceLyly : SexyKinder ? (je connaissais le Kinder Surprise, mais le sexy Kinder est une première...) La courbe du chômage doit effectivement baisser, elle est à son plus haut point dernièrement. Et quelle chance que de tomber justement sur un agent accrédité par l'État pour cela ! Certes, la taille ne fait pas tout, mais elle joue beaucoup quand même... Vous m'accorderez le fait qu'il y a une différence notable entre une Knacki et une saucisse de Morteau. Je me demande comment vous comptez vous y prendre, pour que la température grimpe ?
Quant au CDD, sachez, cher monsieur, que j'aime savoir ce que je signe. Et puis qui sait les rôles seront peut-être inversés...
Dans l'attente de voir votre surprise.
Douce Lyly

Waouh j'adore sa répartie ! Bon, ma réponse va devoir être à la hauteur, si j'ai bien compris.

SexyKinder : Douce Lyly. Quel plaisir de voir que mon message a eu grâce à vos yeux. Hum, l'idée de vous voir mener la danse ne me laisse pas indifférent. Nous allons déjà faire monter la température et nous verrons...
Je vous accorde qu'il y a une grosse différence,

mais n'oubliez pas qu'il y a également des entre-deux, la saucisse de Toulouse par exemple, mais j'ai peur que l'on s'égare un peu trop du sujet.

Sinon, dites-moi, faisons-nous connaissance d'un point de vue personnel ou bien plus chaude-ment ? Pour ma part, la deuxième option me plaît assez. Cependant, je me dois de vous avouer quelque chose avant, j'ai lamentablement échoué à la mis-sion que l'on m'a donné de faire descendre la courbe du chômage. Alors j'espère que vous m'aiderez à y remédier. A très vite.

Espérons que mon message soit à la hauteur...

« DING »

DouceLyly : À ce que je vois, monsieur n'a pas rendu les armes et teinte ses messages d'un humour qui me plaît. Au choix, la seconde option m'attire également ! Et je vous laisse même l'honneur de me poser votre première question (galanterie féminine, que voulez-vous...)

Je vous accorde l'entre-deux il est vrai que par-fois j'ai les yeux plus gros que le ventre...

Oh, vous avez échoué à ce jour ? Ciel ! Mais il va falloir y remédier... DouceLyly

Haha ! Son humour me plaît vraiment...

SexyKinder : Lyly (me permettez-vous de vous appeler ainsi ?) Sachez que rendre les armes ne fait pas partie de ma personnalité, bien au contraire. Une question à vous poser ? Hum voyons voir... Ah si, j'en ai une ! Mais attention, les jokers sont interdits dans ce jeu...

Racontez-moi l'un de vos fantasmes, un que vous n'avez encore jamais dévoilé.

Y remédier ? Et que me proposez-vous ?

Votre dévoué Kinder.

Douce Lyly

Après plusieurs messages reçus, mais auxquels je n'ai pas répondu, celui de Sexy Kinder est apparu et j'avoue qu'il me plaît bien, son humour y est pour beaucoup.

DouceLyly : Cher Kinder (décidément, ce pseudo me donne faim à chaque fois, je crois que je vais aller en course demain pour assouvir cette envie). Je vous accorde le droit de m'appeler comme cela, mais c'est bien parce que c'est vous ! Et moi comment puis-je vous appeler ? Car si je dois continuer d'écrire le mot Kinder mes hanches vont enfler à vue d'œil. Un fantasme j'en ai un, mais attention on ne se moque pas ! Coucher avec un inconnu en ayant les yeux bandés. Ne pas le voir du début à la fin, me laisser entièrement emportée par mes sens en ébullitions.

Et vous Monsieur Surprise ?

Pour ce qui est de remédier à votre souci d'échec de mission, je n'ai pas d'idée précise mais je suis sûre qu'à nous deux nous pourrons en trouver une. Lyly.

Je ne me reconnais pas, moi qui suis d'un naturel peu avenant je me prends assez vite à ce jeu d'échange. Cet homme est un vrai mystère encore ! Les quelques photos de lui ne montrent guère plus que moi : son torse et ses fesses en noir et blanc.

*Craquantes, d'ailleurs... *soupir**

Voilà deux jours que mon mari est rentré de voyage d'affaires et, comme à son habitude, il est parti s'enfermer dans son bureau pour n'en ressortir que pour manger ou coucher les enfants.

Deux jours où, par peur de me faire prendre, je n'ai pas osé aller voir si mon Sexy Kinder a répondu. *Fais chier!*

C'est bien la première fois que je suis pressée d'être à lundi pour qu'il reparte! Et en même temps, tous ces échanges m'ont émoustillée et ont relancé ma libido, je ne serais pas contre une partie de jambes en l'air (même avec lui).

Il faut dire que la dernière fois qu'il a posé les mains sur moi, c'était il y a des mois, alors me soulager seule, c'est bien, mais ça va cinq minutes! Notre relation est vraiment compliquée dernièrement, j'ai l'impression de vivre avec un ami plus qu'un mari et encore un ami vous parle un minimum. Je me dis que c'est peut-être moi le problème, je ne lui accorde peut-être pas assez d'attention, nous sommes deux et je pense que de mon côté, je n'ai pas fait assez d'efforts non plus.

Je décide de sortir la petite nuisette noire qu'il aime bien. Il est déjà au lit quand je sors de la salle de bain. Je me glisse sous les draps et viens me coller à lui... Aucune réaction. Décidée à ne pas me coucher bredouille, je me mets à califourchon sur lui et ôte ma nuisette, lui laissant mes seins durcis par l'envie et le manque sous ses yeux.

Je sens ses mains se poser sur mes hanches.

Ouiiii, j'ai réussi !!

Il me fait basculer sur le côté.

Quoi !?

— Pas ce soir, je suis crevé, désolé Nel. Bonne nuit.

Je reste là, bouche bée devant sa réaction, avant de vite me reprendre, d'attraper ma nuisette et de sortir de la chambre, énervée, en lui lâchant un « Bonne nuit » plus que glacial.

> J'en peux plus, je lui ai sorti la nuisette et il m'a repoussée. Monsieur est fatigué !

> **Lolo :** Arrête de te faire chier avec ce mec. T'attends quoi pour aller t'éclater ailleurs ? D'avoir la peau qui tombe ?

> Je suis sérieuse, je ne sais plus quoi faire... C'est le père de mes enfants.

> **Lolo :** Mais moi aussi, ma chérie ! Ce n'est pas parce qu'il t'a fait des enfants que tu dois être malheureuse. Sérieux, tu vas finir par avoir des toiles d'araignées, à force ! Ça en est où avec ton chocolat ?

> Je sais. Toiles d'araignées ? Quand même pas... Et pour Kinder, nulle part. Ça fait deux jours qu'il- que Bastien - est rentré et je n'ai pas pu aller voir sur le site. J'ai trop peur qu'il me surprenne.

> **Lolo :** Il fait quoi, là ? Il dort ?

> Je crois, oui.

> **Lolo :** Alors T'ATTENDS QUOI ? Va voir !! J'me lève tôt demain j'vais dormir. Tiens-moi au courant, bisous. PS : N'oublie pas de faire tourner si c'est un bon coup. ;)

> Très drôle ! Je vais aller voir. Dors bien, bisous.

Après tout, elle a raison. Il dort, je ne risque rien !
« Vous avez 2 nouveaux messages »
C'est luiiiii !

SexyKinder : Oh, alors j'en profite, Lyly, recevoir un message de vous est toujours un plaisir ! Hum, mais quel joli fantasme... Je veux bien être votre inconnu... Le mien ? Avoir une femme offerte à moi, l'attachée au lit et pouvoir jouir de son corps comme bon me semble, mais tout en tendresse, bien sûr ! Alors si en plus il s'agit d'une inconnue, là c'est le rêve... Qu'en dites-vous ? Quand au fait de m'appeler autrement, je ne sais pas là tout de suite si vous fermez les yeux, quel nom donneriez-vous à cet inconnu qui vous ferait l'amour les yeux bandés ?

Dans l'attente de vous lire, votre Kinder qui vous donne faim (mais pas que de chocolat j'espère)

SexyKinder : Ma Lyly, vous aurais-je fait fuir ? J'espère bien que non ! Si vous voulez me joindre ailleurs que sur le site, je vous laisse mon mail : SexyKinder@gmail.com. A très vite, je l'espère !

Être mon inconnu... M'attacher au lit... Cette simple idée met à mal mon string !

> Je sais, tu veux dormir, mais il veut être mon inconnu et m'attacher au lit !

> **Lolo :** T'es sérieuse ? Donne-moi son numéro je le veux !

> Très, et non tu n'auras rien du tout, toi tu as juste à sortir pour avoir tous les hommes que tu veux.

> **Lolo :** Fonce ! Sinon j'y vais à ta place même si en ce moment c'est plus les femmes qui m'attirent, les quenelles m'ont saoulées.

Élodie me fera toujours rire ! Jamais sérieuse, avec elle tout passe par le sexe ! Ça fait des mois qu'elle me tanne pour que je me « libère sexuellement », comme elle dit si bien. Pour elle, ce n'est pas tromper, mais prendre du bon temps, comme manger un bonbon et aller chercher ailleurs ce qui n'existe plus chez moi.

Il faut dire que c'est tellement la grève de la galipette à la maison que petit à petit, l'idée a fait son chemin. Après tout, avant d'être une épouse et une maman, je suis aussi une femme qui a des désirs et des besoins ! Et croyez-moi quand vous en arrivez à avoir la culotte mouillée juste en voyant une scène d'amour banale à la télé aux heures de grande écoute, il faut faire quelque chose !

DouceLyly : Bonsoir,

Je m'excuse pour le manque de réponses, j'ai été kidnappé par un dentiste qui m'a interdit de manger des sucreries. Mais j'ai réussi à m'échapper afin de vous rejoindre !

Être mon inconnu... Voilà une idée qui laisse à réfléchir ! Attachée, de surcroît cela rendrait les choses d'autant plus excitantes. Mais je ne me laisse pas attacher comme ça moi monsieur... Il va falloir m'en donner vraiment envie... Quand au prénom là en fermant les yeux je vois bien un Christian me prendre toute la nuit. Lyly

Tombant de fatigue, c'est dans la chambre d'amis que ma nuit se termine.

Kinder

23 h 40 : « *DING* »
Tiens, qui peut m'envoyer un mail à cette heure-là?

Expéditeur : doucelyly@gmail.com
Tient donc une revenante...

SexyKinder : Lyly,
Un méchant dentiste vous a privé de moi? Donnez-moi son nom que j'aille vous venger (oui, je deviens chevaleresque)!
Je suis sûre qu'à la simple lecture de mon mail votre envie s'est déjà décuplée. Imaginez un peu mes mains parcourir la douceur de votre peau, ma bouche jouer à vous faire frissonner, ma langue jouer avec votre doux clitoris. Sentir la surprise s'emparer de votre corps. Oui je m'emporte, mais comprenez-moi, parmi cette jungle sexuelle qu'est ce site, vous êtes la seule qui me donne envie de me transformer en Tarzan pour faire de vous ma Jane le temps d'une nuit (pour commencer). Christian cela me va bien..

Tarzan? Non, mais qu'est-ce qui m'a pris? Si après ça elle répond...

Je referme les yeux en pensant à Lyly, les images que j'ai en tête sont loin d'être soft, je ne m'endors qu'après m'être caressé le sexe en pensant à notre potentiel futur rencontre.

Lundi déjà... Une nouvelle semaine de boulot m'attend, mais quelque chose me dit qu'elle sera embellie par de doux messages et cela se confirme quand, vers onze heures, je reçois un mail.

DouceLyly : Christian (hum que ce nom me fait frissonner), eh oui, les dentistes sont parfois très cruels, mais ils ne font pas le poids face à Tarzan et son sexy cache bijoux (oui, j'ai toujours trouvé ça sexy, on ne se moque pas monsieur...). Je crois que les quelques lignes que j'ai lues, mêlées à l'appel de la surprise sont beaucoup trop tentantes effectivement. Vous avez gagné ! Être la seule à susciter votre intérêt me porte le rouge aux joues.

Je peux aussi m'amuser à vous donner chaud, vous savez, je m'imagine très bien jouer avec ma langue sur votre sexe gonflé de plaisir, le titiller, le lécher puis le sucer lentement. Je dois avouer que c'est un moment que j'aime énormément, celui ou l'homme s'abandonne, frissonne. Quand il m'attrape les cheveux pour me pousser un peu plus loin, quand son sexe vient taper le fond de ma gorge et qu'il me regarde de haut les yeux remplis de plaisir.

Alors lequel de nous a le plus chaud ?

Savez-vous qu'un dicton dit « Battre le fer tant qu'il est encore chaud » ? Je pense que vous devriez le suivre...

Passez une belle journée. Lyly.

Oh putain voilà que je bande et merde ! Elle est forte !!

Je ne peux répondre à son mail tout de suite, car je suis en réunion, mais croyez-moi, ce n'est pas de statistiques ni de chiffres dont il est question dans ma tête après avoir lu son message !

D'ailleurs, aux regards que me porte Romain, je pense qu'il a grillé que j'étais ailleurs !

Romain n'est pas seulement un collègue, il est aussi un ami en qui j'ai une confiance aveugle ! Au boulot, on est souvent amené à travailler en binôme sur les gros contrats. Je suis le plus posé des deux, il est le plus excentrique, mais notre duo fonctionne à merveille !

Treize heures, fin de la réunion. Enfin...

— On va manger un bout ? Comme ça tu me raconteras pourquoi les prévisions t'ont collé ce sourire débile jusqu'aux oreilles. À moins que ce ne soit quelque chose d'autre. Ou quelqu'un...

Qu'est-ce que je disais ? Il me connaît trop bien.

— Allez, c'est parti.

Arrivés à la brasserie, on se trouve un petit coin en retrait, ce qui est parfait pour ce que j'ai à lui raconter.

— Alors ? T'accouches ?
— Ouai ouai. Bon, tu sais le site où l'on s'est inscrit, j'y ai rencontré quelqu'un.

Ah oui, je ne vous ai pas dit... On s'était inscrit ensemble, un soir où l'on avait trop bu et déprimé sur nos vies sexuelles merdiques.

« Sexy Kinder » et « Bueno gourmand », simplement parce qu'on venait de voir une pub pour les Kinder Bueno à la télé, avec une nana qui croquait dedans. Et l'alcool n'aidant pas, on s'est retrouvé avec ses noms débiles et impossible à changer.

— Non sérieux ? Putain, au bout de deux mois j'avais lâché l'affaire ! Et alors c'est qui ? Comment est-elle ?
— Drôle, originale, j'adore parler avec elle et elle a une repartie du tonnerre, impossible de s'ennuyer ! Je n'ai rien vu d'autre d'elle que ses jambes et ses fesses, mais ça va au-delà de ça. Je pense que je vais la rencontrer.
— T'as vraiment flashé !

— Disons qu'elle a suscité mon intérêt...

Et me voilà parti à tout lui raconter. Son pseudo, nos messages, son fantasme... À mesure que j'avance dans mon récit, je le vois baver de plus en plus. Mais ce qui me fait mourir de rire, c'est sa réponse.

— Et si tu lui disais que la surprise c'est Bueno ? Kinder Bueno c'est encore meilleur...

Il en a vite oublié sa petite brune rencontrée en boîte de nuit il y a deux jours ! Mais il est hors de question que je partage Lyly.

Douce Lyly

Vingt-deux heures et toujours aucune réponse de sa part. Il a peut-être pris peur... Quelle idée d'avoir écouté Lolo, aussi !

« Bon, tu comptes attendre la fonte des glaces pour te décoincer ? Bordel Nelly fonce ! Propose-lui une rencontre ! Il faut battre le fer tant qu'il est encore chaud ! »

C'est exactement l'expression que j'ai reprise dans mon message, et depuis plus rien... Me concentrer au boulot a été impossible aujourd'hui.

Les enfants sont couchés et je me retrouve comme une andouille devant mon écran, à attendre une réponse. Du coup, pour passer le temps, je surfe sur le site.

Plusieurs messages m'attendent, mais alors dans le genre podium des gros nazes il y en a un paquet !! Entre celui qui me demande si je veux un plan à trois avec sa maitresse, celui qui me demande de lui prendre le cul et celui qui m'envoie une photo de son sexe *(on peut vraiment en avoir une aussi grosse !? Mon dieu, ça doit faire un mal de chien !! Jamais je ne pourrais me prendre une poutre pareille, il n'y a pas d'autres mots pour la décrire tellement elle est énorme !!)* Je vais vraiment finir par avoir peur !

« Ding »

Tiens, un message. Bueno Gourmand décidément je suis abonnée aux sucreries... c'est un critère d'inscription pour les hommes l'option chocolat !?

BuenoGourmand : Bonjour douce Lyly... Je suis sûre qu'avec un tel pseudo vous aimez que l'on vous aborde avec simplicité et humour, je me trompe ? Que faites-vous en ligne ? Pas de valeureux chevalier pour vous réchauffer ? En espérant une réponse de votre part.

Valeureux chevalier ? Non, le mien semble s'être échappé ! Lui au moins joue sur l'humour, pas de photo de sexe en gros plan, présentation sympa même s'il n'a pas d'autres photos que son torse, plutôt bien chocolaté en plus.... Allez, laissons-lui une chance.

DouceLyly : Bonjour. Bueno Gourmand, je me demande d'où vous est venu l'idée d'un tel pseudo ? Non, malheureusement, pas de chevalier pour me réchauffer. Je crains que le dragon posté devant ma tour ne les fasse tous fuir... Mais peut-être que vous saurez dompter l'animal et venir me réchauffer... **Princesse en péril**

Voilà que je me mets à parler de princesse et de

dragon, je crois qu'il va falloir que j'arrête la vodka pomme pour ce soir...

En même temps, il n'y a rien à la télé, les enfants dorment et mon mari, bah... Je ne sais pas. Il est sûrement en train de faire une partie de poker avec ses amis. Et l'autre connard de kinder a dû fondre ...

Oh, une réponse...

BuenoGourmand : Dompter l'animal ? Mais de quel animal parle-t-on ? Le dragon ou la jolie colombe ? Car si la princesse abandonnée voulait bien se laisser dompter, elle découvrirait un monde de plaisir sans fin et je ne la laisserais qu'une fois épuisée, le chevalier que je suis étant des plus endurant.

Quel vantard !

DouceLyly : Visiblement, le preux chevalier que vous êtes est atteint d'un sérieux ego surdimensionné... Il ne suffit pas d'être endurant, il faut aussi savoir manier son épée avec agilité et, croyez-moi, peu en sont capables...

Sa réponse ne s'est pas fait attendre...

BuenoGourmand : « Alors, laissez-moi vous montrer à quel point je manie l'épée et comme l'endurance est une qualité inouïe chez moi... »

Me voilà dans une situation que je n'avais pas vu venir...

« Bruit de clé »

Meeeeeeeerde, il rentre !
Vite, j'éteins tout...
Ouf !

Visiblement, il n'est pas en meilleur état que moi, il est même pire... Il arrive en titubant dans le salon.
— Dééésolé z'ai pas vu l'heure.

Houla, il en tient une bonne là !

— Les verres non plus... Tu as conduit dans cet état ?
— Naaan, on m'a raccompagné m'man. Viens te coucher Nel !

Et moi, bête et disciplinée, je le suis. Quand je sors de la salle de bain, la chambre est plongée dans le noir. En pensant qu'il dort déjà, je me glisse doucement dans les draps et me tourne de mon côté, quand je sens sa main se poser sur mon sein.
— Tu fais quoi, là ?
— Z'ai envie de toi, vite fait.

Et voilà qu'en moins d'une seconde il est en train d'enlever mon tanga et ma nuisette. Il se cale entre mes jambes et commence à jouer maladroitement avec mon sein. Sans même prendre la peine de vérifier si je suis prête à l'accueillir le voilà qui me pénètre. Au bout de quelques interminables allers retours, il lâche un dernier râle en jouissant avec son haleine de poney, je vais finir par m'évanouir.

À peine fini, il se recouche à sa place, se tourne et me lance un :

— Merci, ça fait du bien !

« Merci » ? Il me dit « merci » ? Mais merci de quoi ? D'avoir su écarter les cuisses trente secondes pour que monsieur se vide ?

Moins d'une minute plus tard, il se met à ronfler, alors que moi je suis bien réveillée. Je suis frustrée, mon corps réclame l'orgasme. Mais je me sens aussi sale de l'avoir laissé faire. Je sais, c'est mon mari, mais en ce moment il me dégoute plus qu'autre chose…je suis devenue invisible à ses yeux sauf quand bourré il a besoin de se vider.

Je me dirige vers la salle de bain afin de prendre une douche, l'eau bouillante sur ma peau me fait du bien. En me savonnant, une de mes mains s'attarde sur mon clito. Je me caresse ainsi jusqu'à atteindre cet orgasme dont il m'a privée, orgasme décuplé par la frustration et la chaleur de l'eau. Une fois remise de mes émotions, je retourne me coucher, mais le sommeil met du temps à venir…

Kinder

Neuf heures, j'arrive tout juste au boulot. J'ai oublié de lui répondre hier, j'espère qu'elle ne m'en voudra pas...

À peine installé à mon bureau, j'ouvre ma boîte mail pour lui écrire.

SexyKinder : Lyly, comme je suis désolé de n'avoir pu vous répondre hier. Voilà ce que c'est que d'être adulé par toutes les femmes qui m'entourent. Je plaisante, bien sûr. Sachez que vous m'avez mis dans un sacré état hier, j'imaginais très bien votre langue sur ma queue durcie par l'envie. Bref, passons à autre chose sinon je risque de m'enflammer à nouveau.

Alors comme ça, je devrais prendre ce dicton à la lettre ? Mais accepteriez-vous seulement un rendez-vous avec moi ? Il va sans dire que ce n'est pas autour d'un verre que nous nous retrouverions, mais plutôt sur un lit... Alors, le fer peut-il être battu ? Christian.

Ma réponse est un peu brève, mais cette semaine j'ai un gros contrat à faire signer, je ne peux pas me louper sur ce coup-là.

Vers treize heures, Romain vient dans mon bureau.

— On va manger ?

— Je n'ai pas arrêté de la matinée, donc c'est avec plaisir !

Nous retournons à la brasserie de la veille.

— T'as des nouvelles de ta Lyly ?

— Je n'ai pas eu le temps de lui répondre hier, je lui ai envoyé un message tout à l'heure.

— En tout cas, tu as raison, elle est bourrée d'humour !

— Pourquoi tu dis ça ?

— J'ai discuté avec elle hier soir, sur le site.

Enfoiré !

— Putain mec, tu fais chier ! Pourquoi t'as fait ça ?

— Oh, ça va hein ! Elle n'est pas chasse gardée ! J'ai bien le droit de lui parler et de prendre du bon temps.

— Tu me les brises sérieux là ! Tu n'es pas retourné sur ce site depuis des mois, t'as au moins quarante nanas dans ton répertoire, prêtes à accourir dans ton lit ! Et vous avez discuté de quoi ?

— De princesse, de chevalier...

— Très drôle. Vas-y, accouche.

— Mais je te jure ! On s'est mis à rigoler là-dessus. D'ailleurs, dans mon dernier message, je lui ai demandé si elle me laisserait la dompter !

— Et elle t'a répondu ?

— Non.

Bien fait connard !

— Tu ne vas pas la rencontrer, quand même ?
— Bah pourquoi pas ?

Mais pourquoi lui ai-je parlé d'elle

Le repas se termine sur une discussion de boulot, j'ai préféré changer de sujet avant de me prendre la tête avec lui, mais mon esprit est ailleurs. De retour à mon bureau, étant d'une humeur maussade, je ne peux m'empêcher de penser à Romain et Lyly.

Je sais bien qu'en étant sur ce site, elle doit parler et rencontrer d'autres hommes que moi, mais, à vrai dire, je n'ai pas eu l'occasion d'y penser et j'aimais l'idée d'être le seul. Quel idiot d'avoir donné toutes les cartes à Romain !

Depuis que l'on s'est inscrit sur ce site, je n'ai sauté le pas avec personne. Aucune ne valait la peine que je m'attarde où que je la rencontre. Mais là, je ne sais pas, il y a un truc avec elle ! Et je ne veux surtout pas qu'ils se voient et encore moins qu'il le fasse avant moi

.

N'arrivant pas à travailler, j'ouvre ma boîte mail en espérant une réponse de sa part, et je ne suis pas déçu en découvrant qu'un message m'y attend.

DouceLyly : Christian, j'ai bien cru que le soleil d'hier vous avait fait fondre... j'avoue vous avoir même traité de connard... Vous ne m'en voudrez pas j'espère...

J'aime savoir que je vous aie enflammé !

Une rencontre sur un lit est une idée qui me plaît assez, particulièrement avec vous... Bon, nous ne nous connaissons pas et j'avoue que je risque de stresser, car ce sera une première pour moi, mais c'est le jeu, un jour ou l'autre il faut savoir prendre des risques. Et puis en cas de soucis, le MAA (Meilleure Amie Armée), débarquera aussitôt et croyez-moi, mieux vaut ne pas croiser son chemin quand elle est énervée... Vous avez peur ? Non, non, ce n'est pas une menace ! Quoique... alors, toujours partant ?

Cette fille est dingue ! Mais putain que j'aime ça !!

Douce Lyly

Recevoir un message de lui ce matin m'a fait plaisir ! Surtout après la nuit que j'ai passée... Mais je me rends compte au fil de nos échanges que l'étau se resserre. Aurai-je assez de cran pour aller jusqu'au bout ? Car même si par message je semble sûre de moi au final je suis complètement paniquée ! J'ai besoin de Lolo !

> Ma belle, je sens que la rencontre est imminente, mais je ne sais pas si j'en aurais le courage...

> **Lolo :** Tu ne vas pas recommencer avec ça ! Après ce qui s'est passé hier avec l'autre con, la seule chose dont tu as besoin c'est d'un homme qui te fasse sentir femme et grimper aux rideaux !

> Je m'apprête à tromper mon mari, quand même...

> **Lolo :** Parce que tu crois qu'il t'a attendue, avant d'aller tremper son biscuit ailleurs ? Ce que tu peux être naïve, des fois ! Tu crois vraiment qu'un mec peut rester plus de trois jours sans baiser ? Oublie tes états d'âme, mets-toi dans la peau de Lyly et fonce !

Mouai, tu as peut-être raison...

Lolo : J'ai toujours raison ! Demain, je t'emmène faire la Pretty woman, on va réveiller la féline qui est en toi. ;)

Lol t'es au top !

Lolo : C'est pour ça que tu m'aimes !

Je ne sais pas si je dois la remercier ou lui en vouloir de me donner autant envie de découvrir autre chose...

« Ding »

SexyKinder : Lyly, sachez que je ne crains pas le MAA, car vous n'en aurez pas besoin ! Par contre, je pense que les pompiers seraient plus appropriés, afin d'éteindre le feu qui attisera votre corps sous les assauts de ma bouche de mes mains... D'ailleurs vos jolies petites fesses s'en souviendront, ne croyez pas que je vais laisser passer le fait que vous m'ayez traité de connard ! Que diriez-vous d'un RDV samedi soir ? Juste vous et moi, pour la nuit... Oui, il nous faudra au moins ça...

Samedi ? La nuit ? Waouh il va me falloir un sacré alibi !

J'ai un souci, il m'a donné RDV samedi soir et il veut que l'on passe la nuit ensemble.

44

Lolo : Où est le problème ?

Je dis quoi à Bastien ? Tiens, chéri, je découche pour aller prendre mon pied ailleurs vu que tu n'en es pas capable ! en plus je suis sûre qu'il va sortir avec ses potes comme d'hab...

Lolo : Cool, ça comme excuse, je peux être là pour voir sa tête ? Et pour ses potes bah temps mieux non ?

Élodie !! Et non ce n'est pas bien s'il sort, je fais quoi des enfants !?

Lolo : Oh, ça va, ne fait pas ta rabat-joie !! Dis-lui que tu viens avec moi à l'anniversaire de Stéphanie, il ne la connaît pas, que c'est à Agen et qu'on dort là-bas. Et tu dis la même chose à ta mère en lui déposant les morveux. Ça te va ?

T'es au top !

Lolo : Ouais, bah t'as intérêt à faire tourner ton kinder si c'est un bon coup, avec tout ce que je fais pour toi !

Rêve !!

Lolo : Sympa, la copine... Aller, à demain tigresse !

Voilà, plus d'excuses... Je souffle un bon coup...

45

DouceLyly : Christian les pompiers ? Je n'y avais pas pensé. Je vais de ce pas les prévenir de se tenir prêts pour samedi, mais à quelle adresse doivent-ils intervenir ? Est-ce que l'*Avant-Scène* ferait l'affaire, selon vous ? Et si oui, à quelle heure ? Pour ce qui est de mes fesses, elles ne sont jamais contre une petite correction... :p

Dans l'attente de vous faire fondre.

C'est Lolo qui m'a parlé de cet hôtel, « Mieux qu'un Étape hôtel réservé aux filles sans classe » m'a-t-elle dit.

Samedi, encore 4 jours à attendre...

Kinder

Elle a dit oui pour samedi, cette idée me redonne le moral ! J'ai fait quelques recherches sur l'hôtel dont elle parle, il a l'air sympa.

SexyKinder : Lyly, quelle joie de lire que vous ne dites pas non à ma proposition ! L'*Avant-scène* me paraît être un très bon choix ! Mais dites bien aux pompiers que nous y serons pour vingt et une heures et que vous n'aurez besoin d'eux que vers huit heures du matin. Je compte bien vous garder pour moi avant, je vous imagine déjà assise sur ce lit, les yeux bandés, les menottes justes à côté de vous. Cette simple idée me met déjà l'eau à la bouche et provoque une certaine réaction. J'ai pensé que vous pourriez peut-être choisir un mot à prononcer, si à un moment ou à un autre vous vouliez tout arrêter. (N'est-ce pas ce que Christian propose à Ana ?) Qu'en dites-vous ? Par ailleurs ma main me démange déjà... Doux baisers, Christian.

J'y ai réfléchi un bon moment et j'ai pensé qu'opter pour un signal pourrait la mettre plus à l'aise.

Il me tarde de la rencontrer, de goûter à sa peau, de me délecter de son corps.

C'est malin! Et tu fais comment pour te lever, maintenant?

Plus tard dans la journée, je me rends dans le bureau de Romain afin de lui déposer des papiers pour le contrat que l'on prépare. Je le vois tirer une tête d'enterrement.

— Qu'est-ce qui t'arrive? Un souci avec le dossier?
— Non.
— Alors quoi?
— Elle ne répond pas!
— Qui?
— Bah Lyly! Depuis mon dernier message aucune réponse... T'as des nouvelles, toi?
— Non, aucune. Je n'ai pas eu le temps cette semaine de regarder.

Mon ego fait un bond de dix mètres! S'il pense que je vais lui dire la vérité, il se met le doigt dans l'œil!

La journée se termine tranquillement, quant au moment de partir je reçois un mail.

DouceLyly : Vingt et une heures, ça me convient parfaitement! Un signal et votre main qui vous démange? Vous connaissez vos classiques à ce que je vois. Que diriez-vous de « Chocolat »? Malgré une pointe d'appréhension, je dois avouer que je suis pressée d'être à samedi et de goûter au plus original des kinder. Lyly.

C'est avec un grand sourire que je quitte le boulot.

Douce Lyly

La journée est passée tranquillement, j'ai reçu un mail de sa part vers dix heures.

SexyKinder : Lyly, effectivement comment passer à côté du phénomène Grey mais rassurez-vous, la chambre rouge n'est pas du tout mon truc ! Je préfère de loin la tendresse d'un baiser ou d'une caresse... Bien qu'une petite fessée ne soit pas désagréable... Votre nom de code m'a bien fait rire ! J'ai aussi une pointe d'appréhension quant à notre rencontre, mais l'idée de découvrir enfin la beauté qui se cache derrière un si doux pseudo qu'est le vôtre me l'a vite fait oublier ! D'ailleurs, j'avais une question, quand devrais-je vous enlever votre bandeau ?

Je compte les jours qui me séparent de ce délicieux moment. Je me suis dit qu'afin de vous laisser le temps de prendre vos marques ou bien de faire demi-tour, je pourrais arriver vers vingt et une heures quinze... J'ai d'ailleurs réservé la chambre au nom de « Lyly ». Christian.

Dans l'après-midi, j'ai été faire les magasins avec Lolo, autant dire qu'elle a mis le paquet sur la tenue... Elle m'a dégoté un ensemble à « faire fondre le chocolat », comme elle dit si bien. J'ai hésité à le prendre, mais avec les yeux de meurtrière qu'elle m'a faite, je n'ai pas eu le choix. Elle m'a aussi trouvée dans son stock (elle vend des sex-toys) une paire de menottes et un bandeau en satin. On a passé une bonne partie de l'après-midi à parler de mon rendez-vous.

— Je dois dire que je suis épatée...

— De quoi ?

— Je ne pensais pas que tu irais jusqu'au bout ! Même en te poussant au cul, j'aurais cru que tu aurais tout annulé !

— J'y ai pensé plus d'une fois. Et en même temps, je suis tout excitée à l'idée de cette rencontre !

— Excitée ? Je me serais attendue à un « affolée », tu te lâches !

— C'est toi qui m'y as aidé...

— J'ai juste essayé de réveiller la femme fatale qui dort en toi depuis toutes ces années. La prochaine étape c'est quoi ?

— Euh comment ça ?

— Bah, tu ne vas pas t'arrêter en si bon chemin... Tu auras réalisé un fantasme, un autre pointera bien le bout de son nez...

— Euh, laisse-moi déjà vivre celui-là... Et puis si ça se trouve, ça va être nul à chier...

— Humm, j'en doute ! Quelque chose me dit que tu vas prendre un pied d'enfer ! La prochaine étape, je t'emmène dans un club !

— Dans un club ? Tu me fais peur, là... Quel club ?

— Un club libertin ! Il y en a qui font sauna ! La

chaleur, des corps à moitié ou totalement nus...
C'est trop excitant ! Et puis tu n'es pas obligée de
faire quoi que ce soit...

— Ouais, et puis là un bon vieux vicieux va nous
sauter dessus...

— À moins que ce soit moi qui te saute dessus...

À ce moment-là, ma tasse m'échappe des mains
et atterrit aux pieds du serveur. Tout en m'excusant
et en nettoyant mes dégâts, je regarde du coin de
l'œil Lolo, qui a un grand sourire. Après avoir essuyé
mes bêtises, je me rassois.

— Comment ça « toi » ?

— Quoi ? Tu n'as jamais rêvé d'un truc avec une
femme ? C'est super sensuel et excitant !

— Euh non, je n'y ai jamais pensé, et encore
moins avec toi !

— Pourquoi, je ne te plais pas ?

— Je n'ai pas dit ça ! Enfin, je veux dire... tu es
belle, et super sexy et... mais...

Et voilà, je ne sais plus où me mettre... Je suis
vraiment en train d'avoir cette conversation avec
ma meilleur amie ?

— C'est bon, ne panique pas ! On a tout le temps
d'en reparler. Aller, moi je dois filer ! Tu me raconteras ta nuit de folie. Et n'oublie pas de m'envoyer
un message entre deux parties de baise pour dire
que tout va bien sinon je débarque.

Sur ces mots, elle se lève, dépose sur la table de quoi payer l'addition et vient poser ses lèvres au coin des miennes en me faisant un clin d'œil.

Je reste là un bon moment, complètement abasourdie par sa proposition. Je croyais qu'elle m'avait tout fait, mais alors là elle bat les records !

Une fois rentrée, je m'empresse de cacher mes achats tout au fond d'un placard où il ne va jamais, avant de répondre à mon chocolat.

DouceLyly : Christian, me laisser le temps de prendre mes marques me convient, mais changer d'avis ? Impossible, l'appel de la sucrerie est plus fort que ça ! Et puis j'ai été acheté de quoi vous faire fondre, aujourd'hui... Pour ce qui est du bandeau, quand vous en jugerez nécessaire.

Quant au fait de ne pas avoir à rencontrer la chambre rouge de Mr Grey, vous m'en voyez heureuse ! Mais la fessée... Hum. Il me tarde d'être à samedi, envoyez-moi un mail quand vous serez en bas afin que je vous donne le numéro de la chambre. Lyly.

L'excuse de l'anniversaire étant passée comme une lettre à la poste, la seule chose qui occupe mes pensées ce soir c'est ce que m'a dit Lolo cet après-midi ! Je sais qu'elle a déjà eu des expériences avec des femmes, elle ne s'en est jamais cachée. Mais de là à me proposer ça à moi... J'avoue lui avoir un peu menti... Il m'est arrivé une fois ou deux, quand elle me racontait ses nuits de folie de m'imaginer à sa place. Et cette idée m'excitait énormément, mais jamais je n'ai imaginé que la femme en question ce serait elle. Et c'est sur ces pensées que je m'endors.

Lui :

Vendredi, la semaine est passée à une vitesse folle ! J'ai passé la nuit à imaginer notre rencontre, mes mains sur son corps, ma bouche jouant avec ses seins. En plus, elle a avoué avoir acheté une tenue spéciale, pour me faire fondre, comme elle dit. Ce qui accapare encore plus mon imagination, à tel point qu'il m'est impossible de me concentrer sur mon dossier en cours...

SexyKinder : Lyly, vendredi déjà... Comme il me tarde d'être à demain, je vous enverrai un mail une fois garé. La scène de notre rencontre comme je l'imagine tourne en boucle dans ma tête depuis que vous avez dit oui... Quant à votre tenue, il me tarde de la découvrir... Je ne pensais pas que je pourrais avoir autant d'imagination ! Impossible de travailler ! Un Kinder, qui commence à fondre d'impatience.

Autant la semaine est passée vite, autant cette journée est interminable ! En allant récupérer une partie du dossier dans le bureau de Romain, je m'aperçois qu'il fait de nouveau la tête.

— Qu'est-ce qui t'arrive encore ?

— Rien !

— Pff arrête, je te connais !

— Après mon troisième message, Lyly a fini par me répondre hier.

— Oh, et alors ?

— Elle m'a envoyé bouler et comme il faut ! Elle

en a eu marre que je la relance.

— Pas cool, ça...

Oui, je ris intérieurement et j'assume !

— Tu as des nouvelles, toi ?
— J'ai eu un message ou deux, mais rien de con-cret, je n'ai pas le temps. Bon, je te laisse j'ai encore du boulot !

Quoi ? Je n'allais pas lui dire la vérité ! Pas avec ce qui s'est passé la dernière fois ! Et je suis bien con-tent qu'elle se soit débarrassée de lui !

Vers dix-sept heures, je reçois enfin un message d'elle.

DouceLyly : Ne fondez pas trop vite, sinon je n'aurais plus rien à me mettre sous la dent, ce serait tout de même dommage... Je suis désolée de ne pas avoir répondu avant, mais ma journée au travail a été bien remplie ! Ce qui ne m'a pas empêché de penser à vous et de façon très originale ! Une collègue nous a rapporté tout un assortiment de chocolats afin de nous faire un petit plaisir, je n'ai pas pu m'empêcher de rire en voyant les Kinder surprise, fou rire qui s'est intensifié quand une autre de mes collègues s'est mise à sucer le sien... Je suis passée pour plus folle que je ne le suis, car personne n'a compris les raisons de mon hilarité... Il me tarde également d'être à demain... Lyly.

Me voilà à rigoler seul devant mon ordinateur....
Cette fille est vraiment une bouffée d'oxygène ! Un
message d'elle et c'est un sourire jusqu'aux oreilles
qui se plante sur mon visage. Quelle sensation
étrange alors que je ne l'ai jamais vue, que je ne la
connais que virtuellement.

Douce Lyly

Samedi, je stresse à mort ! « Détends-toi mémère, tu vas juste te faire ramoner la cheminée », voilà ce que m'a envoyé Lolo. Très classe, comme d'habitude ! Mon après-midi a été consacré au jardinage ! Non, je n'ai pas de jardin ! Mais c'est limite si l'esthéticienne n'a pas sorti de débroussailleuse ! Les jambes, le maillot, les aisselles... La totale ! C'est fou ce que ça peut repousser en un mois et demi ! J'ai aussi été faire un tour chez le coiffeur, j'ai refait ma couleur et une jolie coupe, histoire d'être au top.

Vingt heures, un mail.

SexyKinder : Lyly, nous y sommes. Aujourd'hui, vous goûterez à ma surprise et ferez fondre le chocolat que je suis... Comme vous m'avez fait rire, avec l'histoire de vos collègues ! J'avoue que je n'ai pas choisi le meilleur des pseudos, mais au moins il vous aura permis de passer un bon moment ... À tout à l'heure, ma douce Lyly !

Oh que si, il est bien, ce pseudo ! Moi je l'adore !

DouceLyly : Ne changez surtout pas votre pseudo il est parfait comme ça ! À tout à l'heure. Lyly.

 # Kinder

Vingt et une heures, je ne vais pas tarder à arriver à l'hôtel. Je trouve une place dans la rue derrière. J'avoue que je commence à stresser, on dirait un ado qui va vivre sa première fois, c'est pathétique !

Vingt et une heures quinze, je lui envoie un message.

SexyKinder : Je suis en bas. J'attends votre feu vert pour monter.

J'attends sa réponse, qui ne se fait pas attendre.

DouceLyly : Je vous attends chambre huit.

À son court message, je me doute qu'elle stresse comme moi, si ce n'est plus. J'entre dans l'hôtel et prends l'escalier face à moi, la chambre huit est sur la droite. Arrivé devant la porte, j'ai un moment d'hésitation. Je souffle un bon coup et ouvre.

 # Douce Lyly

Vingt et une heures, il ne va pas tarder.

J'arrange mes cheveux, remets un peu de rouge à lèvres et je rajuste ma poitrine.

Je porte le bustier en dentelle rouge et noir que m'a fait acheter Lolo, des bas attachés par leur porte-jarretelles, un string et une paire de talons.

Je me regarde dans le miroir, c'est bon je suis prête. Comment ça va se passer ? Comment est-il en vrai ? Et s'il ressemblait plus à Depardieu qu'à Ryan Gosling ? Et si c'était un vieux pervers ? Et si c'était un guet-apens ?

Purée ça y est je flippe à fond là, je devrais faire demi-tour, me rhabiller et prendre mes jambes à mon cou !

> Putain je flippe je suis en train de faire une grosse connerie !

> Lolo : Mais arrête un peu de voir le mal partout zen !

> Zen !? non mais attend et si c'est un serial killer !?

 65

Lolo : Tu veux que je vienne ?

Pour faire quoi ?

Lolo : Bah lui demander son CV et ses papiers d'identités avant qu'il ne rentre dans la chambre :p

Non ça ira, ça va passer.

Lolo : Détends-toi tout va bien se passe tu as ce que je t'ai donné ?

Oui sous l'oreiller.

Lolo : Au moindre doute tu t'en sers, mais il n'y a aucune raison d'avoir peur, tu verras tout va bien se passer.

J'espère bisous.

Pour me rassurer Lolo m'a acheté une bombe lacrymogène en cas de pépin, je l'ai caché sous l'oreiller mais je suis en train de me dire que ce n'est peut-être pas la meilleure des cachettes.

Vingt et une heures quinze, je reçois un mail, je souffle un grand coup et réponds aussitôt. Plus le temps de se poser des questions, il est là... Je vais vers la porte et ouvre le verrou.

De retour vers le lit, j'y dépose les menottes, m'y assois, me bande les yeux, et pose mes mains sur mes cuisses écartées.

66

Merde mais s'il m'attache je ne pourrais pas me servir de la bombe. Putain Nelly aller STOP ! Reste zen !

Je l'attends en me demandant si j'ai raison de faire ça...

Privée de la vue, tous mes sens sont en éveil, le moindre son produit me parvient.

Il est là, j'entends la porte s'ouvrir, mais je ne l'entends pas se refermer, je sens un regard posé sur moi.

Rien ne bouge. Mais que fait-il ? Aucun bruit il ne parle pas, est-ce bien lui, au moins ? A-t-il changé d'avis ? Je ne lui plais peut-être pas. Il semble hésiter. La porte se ferme, je déglutis. Où est-il ? Je ne sens rien. Je compte jusqu'à dix et si je n'entends pas de bruit j'enlève le bandeau.

Un, deux, trois, quatre, cinq, six... merde il est parti...

- Vous êtes là ?
- Chuuut

Ouf c'est bon il n'est pas parti.

Des bruits de pas se font entendre, puis celui de quelque chose que l'on retire, peut-être son manteau.

Mais il ne dit rien, ne parle pas. Que pense-t-il ? Je sens une présence devant moi.

Oh, il me caresse la lèvre, hum... que ce contact est bon ! J'en frissonne.

Il me fait me lever et me tourner.

De sentir son souffle et cette proximité, sans rien voir et sans toucher, c'est un supplice. Mes mains tremblent je n'arrive pas à me calmer.

Sa main se pose sur mon cou, il pousse mes cheveux et m'embrasse juste sous l'oreille.

À ce simple contact, je ressens une décharge électrique parcourir mon corps. C'est trop bon...

Je tente de le toucher, mais il m'en empêche.

Grrr, c'est frustrant !

Ses mains commencent à descendre le long de mon corps. Un courant de sang chaud me traverse, c'est électrique, je ne peux m'empêcher de gémir sous ses mains. Il descend un peu plus et enlève mon string, je déglutis.

Il me fait me déplacer. Le lit est juste derrière moi, il m'aide à m'allonger.

Que va-t-il me faire ?

Il remonte mes mains, j'entends le bruit des

menottes... On y est, je ne le verrai vraiment pas, je ne le toucherai pas. C'est excitant et angoissant en même temps.

Je ne sens plus sa présence sur le matelas. Où est-il ?

J'entends le bruit du froissement d'un tissu, mais ne distingue pas de quoi il s'agit.

Ça y est, je sens des mouvements sur le lit au niveau de mes pieds ses mains commencent à caresser mon corps et je gémis, c'est si bon... Elles sont douces et chaudes.

Oh, sa bouche... Elle remonte le long de ma jambe, vers l'intérieur de ma cuisse jusqu'à arriver sur mon sexe, il y dépose un baiser et mon corps tout entier se met à frissonner.

Je l'entends sourire, ça lui plaît... Il revient à la charge. Cette fois, c'est sa langue que je sens tournoyer autour de mon clito. Comme c'est bon, cette chaleur qui s'empare de mon corps, cette excitation... Je ne peux m'empêcher de gémir sous ses assauts experts il sait exactement où aller pour me donner du plaisir.

Il entre un doigt en moi, sans aucun problème tant je suis prête à l'accueillir. Un deuxième... Ils s'agitent doucement et cette langue qui tournoie comme ça sur mon mont de vénus, mon corps tout entier prend feu.

Il me fait un cunni comme jamais je n'ai eu auparavant ! Une de ses mains attrape mon sein et le sort de mon corset, il joue avec mon téton pendant que sa langue continue de me procurer du plaisir, ses deux doigts toujours en moi font des va-et-vient rapides, mais exquis.

Au moment où je sens l'orgasme arriver, il s'arrête.

Noooooooon pas çaaaaaaaa !

Sa bouche remonte le long de mon pubis et sa langue vient titiller mon sein, pendant que sa main libère le deuxième.

Il presse son sexe gonflé par l'excitation contre le mien, seul le tissu de son pantalon nous sépare.

Il continue de jouer avec mon téton, il le mordille, le lèche, et fait de même avec l'autre, mon corps tout entier est tendu de plaisir et de frustration à la suite de cet orgasme qu'il ne m'a pas donné, sûrement pour se venger du connard...

Mais je n'ai pas dit mon dernier mot mon coco attend que je sois détachée....

Il avait peut-être raison, avec son histoire de pompiers...

Sa bouche prend le chemin de mon cou avec une lenteur insupportable. Il s'y attarde quelques secondes puis vient me mordiller le lobe de l'oreille.

Oh, la vache, c'est trop bon !

Puis elle se pose sur la mienne et il m'offre un baiser sauvage et passionné, pendant qu'une de ses mains redescend le long de mon corps pour finir sa course sur mon sexe brûlant.

Je ne sais plus où donner de la tête. Il insère de nouveau deux doigts en moi, pendant que son pouce tournois sur mon clito en feu il ne me faut pas plus de trois secondes pour être submergée par un orgasme de folie. Mes cris sont étouffés par sa langue, toujours dans ma bouche.

Il retire ses doigts et stoppe son baiser. J'ai du mal à récupérer de cet orgasme, je sens son corps s'éloigner du mien.

Je suis là, allongée sur le lit, encore menottée, complètement chamboulée par ce qui vient de se passer. Je ne perçois plus sa présence. Mon corps en redemande, je le veux en moi, je veux sentir son sexe...

Il détache mes mains et m'aide à m'asseoir. Après s'être installé en face de moi, il se remet à caresser mon sein, mais je n'ose pas bouger. Il prend alors ma main dans la sienne et la pose sur son torse. Du bout des doigts, je le caresse. Il attrape délicatement mon visage et il m'offre un baiser beaucoup plus doux. Pendant que l'on s'embrasse et que je caresse son corps, je sens ses mains détacher le nœud de mon bandeau. Il éloigne son visage du mien.

Mes yeux mettent un léger moment à se réhabituer à la lumière, quand enfin ils se posent sur lui...

— Bastien ?!

Épilogue

Bastien

Quand je l'ai vu, j'ai vraiment hésité à rentrer dans cette chambre. Une vague de colère s'est d'abord emparée de moi. La voir dans cette chambre, et repenser à tous nos échanges. Des millions de questions me sont passées par la tête. Pourquoi était-elle sur ce site ? Depuis combien de temps l'avais-je délaissée pour qu'elle en vienne à s'inscrire dessus ? Et moi !? Comment en étais-je arrivé là ?

C'est à ce moment-là que j'ai décidé de jouer le jeu et de lui offrir ce moment de plaisir trop longtemps refusé. Ce n'était plus la mère de mes enfants que j'avais en face de moi, mais une femme belle, séduisante et sexy...

Pour moi, elle était devenue invisible, je ne la voyais plus comme avant. La femme qui est en elle n'attendait qu'une chose pour se dévoiler... Un geste, une attention, un sourire, une caresse, un « je t'aime ».

Après lui avoir donné un orgasme, j'en voulais plus, je ne la désirais pas simplement attachée au lit. J'avais envie de sentir ses mains sur mon corps, voir ses yeux quand je la pénétrerai. Au moment où je lui ai enlevé le bandeau, j'ai eu une pointe d'appréhension. Sur le coup, elle a été surprise et a paniqué, mais quand j'ai pris son visage entre mes mains et collé mes lèvres aux siennes, elle s'est détendue et nous avons fait l'amour comme jamais. Nous avons redécouvert nos corps et cette magie qui nous habitaient au début de notre relation.

Mais une fois la magie de cette nuit passée, il a fallu redescendre de notre nuage, et la chute a été assez brutale. J'ai cru, l'espace d'un instant, que tout pourrait s'arranger. J'ai imaginé une vie avec elle, remplie de moments de tendresse et d'amour, mais on n'efface pas toutes ces années de silences, de non-dit, d'inattentions et de délaissement en une seule nuit. Nous avons décidé, après de longues discussions, qu'il était préférable de nous séparer.

Nos vies ont alors pris des chemins différents.

Ça fait maintenant six mois que nous nous sommes quittés. Quand je vais chercher les petits pour le week-end, je la retrouve pétillante, pleine de vie, belle à tomber par terre. Elle semble avoir pris conscience de sa beauté et du charme qu'elle peut dégager. C'est dans ces moments que je me rends compte qu'elle me manque et à quel point je l'ai négligée. Je sens bien qu'elle lutte pour ne pas craquer à nouveau.

Même si le chemin va être long, je compte bien la reconquérir.

Saison 2 : Le constat

Ambre

Ce matin, comme souvent en ce moment, j'ai l'impression de ne pas avoir dormi. Il faut dire qu'en se couchant à trois heures du matin pour se lever à sept, ça ne laisse pas beaucoup d'heures de sommeil.

Hier soir, je suis encore sortie avec les copines et comme à chaque fois, la soirée s'est terminée chez l'une d'entre nous.
Elles ont la chance de ne pas travailler le samedi, malheureusement pas moi !

Ah ! Cette soirée... Un homme est venu m'aborder, mais rien d'étonnant car j'avais mis le paquet. Je portais une robe de couleur noire à fines bretelles, achetée à la boutique où je travaille. Elle m'arrivait à mi-cuisse. Légèrement évasée, agrémentée d'une ceinture rouge soulignant ma taille trente-huit, son décolleté, à faire fondre du chocolat, mettait parfaitement en valeur mon 95C. Rajoutez-y une paire d'escarpins de dix centimètres et vous tenez la tenue parfaite.

Pour le maquillage, comme à mon habitude, juste un trait d'eye-liner et une touche de mascara mettant en valeur mes yeux bleus. Je portais un chignon, d'où quelques mèches ébène s'échappaient.

Lui était d'une beauté à tomber par terre. Mais ne me demandez pas son prénom, je suis incapable de m'en rappeler. Je peux juste dire qu'il avait les cheveux bruns qui lui tombaient un peu devant les...

BAM !!

Meeeerde !! Plongée dans mes pensées, je n'ai pas vu que la voiture devant moi qui vient de freiner. Espérons qu'il n'y a pas trop de dégâts...

Je sors de la voiture en même temps que l'autre conductrice. Waouh ! Elle est magnifique !

1M70 à peu près, fine, de longs cheveux auburn arrivants au-dessus de la taille avec un visage de poupée. À côté, ma tête de « *je n'ai pas dormi cette nuit* » fait vraiment tache.

— Bonjour, je suis désolée, la nuit a été courte et j'avoue que je rêvassais un peu...
— Je suis aussi fautive que vous, je n'ai pas vu le chat sur la route et j'ai freiné brusquement pour l'éviter. Vous n'avez rien ?
— Non, non et vous ?
— Rien de cassé, si ce n'est l'arrière de ma voiture.
— Avez-vous un formulaire de constat ? Je n'en ai pas dans la mienne.
— Attendez, je vais voir.

Et la voilà penchée dans sa véhicule à chercher ce papier, m'offrant un *joli panorama* sur sa jupe remontant à la limite des fesses... Et quelles fesses ! Impossible d'en détacher mon regard.

— Je suis désolée, je n'en ai pas non plus.
— Alors, laissez-moi votre numéro, j'irai en chercher un en sortant du travail.
— On est samedi, je doute que votre agence d'assurances soit ouverte. Laissez-moi le vôtre, je suis sûre d'en avoir un à la maison.

Je note alors mon numéro ainsi que mon prénom sur un papier attrapé dans le *bordel* qu'est ma voiture et elle me tend le sien avec son prénom inscrit dessus : Élodie.

La journée est passée assez vite malgré mon mal de tête persistant depuis ce midi. L'image d'Élodie penchée dans sa voiture ne m'a pas quittée..

Après avoir fermé le magasin une heure plus tôt, je consulte mon téléphone, un message en attente, je l'ouvre :

NUMERO INCONNU: Bonjour c'est Élodie, vous êtes rentrée dans ma voiture ce matin. J'ai bien un constat à la maison, je ne peux pas être libre avant 20 h. Si ça ne vous fait pas trop tard, on peut se rejoindre quelque part ? Sinon, demain. Ce n'est pas pressé, de toute façon, je ne pourrais pas le déposer avant lundi. Tenez-moi au courant."

Je ne perds pas une minute et la rappelle aussitôt. Elle répond au bout de deux sonneries.

— Allô ?

— Bonsoir, c'est Ambre. Désolée, je n'ai pas pu vous rappeler avant, je viens seulement de sortir du travail.

— Aucun souci, ne vous inquiétez pas. Où voulez-vous que l'on se retrouve ?

— Oh, je ne vais pas vous faire déplacer, tout ceci est de ma faute, je peux venir chez vous ?

— Eh bien oui, pourquoi pas. Je vous envoie mon adresse par texto. Par contre, pas avant 20 h, j'ai du monde à la maison, ça vous convient ?

— Parfait. Ça me laisse le temps de passer chez moi.

— Alors, à tout à l'heure.

Une sensation bizarre s'empare alors de moi, je suis heureuse de la revoir alors que je ne la connais pas.

Une fois rentrée, je file sous la douche. Après une

journée comme aujourd'hui et avec cette chaleur pour un mois de juin, on se sent *poisseux*.

J'arrive devant mon placard et là, c'est le dilemme. Que vais-je me mettre !? Je dois rejoindre les filles après donc autant me préparer directement pour éviter de repasser à la maison.

J'enfile une robe turquoise à fines bretelles, fermée dans le dos et au décolleté avantageux. Un dernier tour à la salle de bains pour sécher mes cheveux que je laisse retomber en cascade sur mes épaules ; un trait d'eye-liner avec une touche de mascara pour me faire un regard de biche, et enfin du gloss pour mes lèvres que je souhaite pulpeuses. J'opte pour une paire d'escarpins et jette un coup d'œil à mon téléphone afin de noter l'adresse sur mon GPS. Et me voilà partie !

Arrivée à destination, je me retrouve face à un grand portail donnant accès à une résidence pavillonnaire. J'entre le code noté sur le message et suis la route jusqu'à la maison, numéro neuf. Je gare ma voiture derrière celle que j'ai percutée le matin même.
Au moment où je vais pour cogner à la porte, elle s'ouvre ; comme si Élodie guettait mon arrivée.

— Entrez, je vous en prie.
— Merci, c'est gentil.

Elle referme la porte derrière moi et me guide à travers la petite entrée que je scrute d'un œil furtif tout en la suivant : un escalier se trouve à droite, à gauche une porte fermée et une autre en face. J'entre dans son salon.

— Installe-toi, euh... installez-vous, pardon.
— Non, non, aucun souci, on peut se tutoyer.
— OK, tu veux boire quelque chose ?
— Un verre d'eau s'il te plaît. Merci.
— Je t'apporte ça tout de suite eau plate ou Perrier ?
— Perrier merci.

La pièce est assez grande et plutôt moderne. Les murs sont blancs et gris. Sur ma gauche se trouve un canapé en cuir blanc, une table basse et en face une grande télé posée sur un meuble noir. À ma droite, il y a une grande table avec six chaises et... euh... des sextoys !?

— Désolée pour le désordre, j'avais une réunion d'équipe. Elles viennent juste de partir.
— Une réunion d'équipe ?
— Oui, j'anime des réunions Sextoys. J'ai ouvert ma société il y a trois ans et aujourd'hui, je devais former les nouvelles.
— D'accord, ça doit être... intéressant !
— Assieds-toi sur le canapé.

Elle m'offre un magnifique sourire et nous

prenons place sur le divan. Distraite à contempler sa maison, je n'avais pas fait attention qu'elle portait une très jolie robe beige et noire fluide s'ouvrant par l'avant par des boutons jusqu'à la ceinture, valorisant sa peau laiteuse. Assise, le tissus remonte à mi-cuisse. Mon cœur s'emballe.

— Oui, c'est très sympa, on rigole bien en réunion. Souvent, les invitées sont un peu gênées au début, mais passé le gloss fellation, elles se lâchent et là, la soirée devient intéressante.

— Le gloss fellation !?

Elle se met à rire, et avec toute la grâce qu'il est possible d'avoir, elle se relève pour se diriger vers la table. Je la vois fouiller dans un sac, légèrement penchée, faisant à nouveau remonter sa robe à la naissance de ses fesses. La chaleur monte à une vitesse vertigineuse.

Puis elle revient s'asseoir près de moi (un peu trop près même, nos genoux ne sont qu'à quelques millimètres l'un de l'autre) et avec un grand sourire, elle me tend un tube de gloss transparent.

— C'est un gloss fellation, tu en mets sur tes lèvres et tu commences la fellation de ton homme. Le produit en se déposant sur son sexe va lui procurer une sensation de chaud-froid qui va l'exciter. Plus tu suces, plus le produit agit. Une vraie pipe de compétition qui va le rendre dingue. Et il peut aussi s'utiliser pour un cunni.

Je rêve où elle vient de me faire un clin d'œil en me disant ça !?

— Effectivement, il y a de quoi détendre l'atmosphère... C'est à tester !
— Tout de suite ?

Alors que j'étais en train de boire une gorgée d'eau, je me retrouve à m'étouffer. Ai-je bien entendu ?

— Euh, pardon ?
— Je te demandais si tu voulais le tester maintenant.

Mais elle est vraiment sérieuse, en plus ! Alors que je m'imagine déjà en train de jouer avec ma langue sur son clito, l'aspirer entre mes lèvres le mordiller doucement, elle me sort de ma rêverie en ouvrant le gloss.

— Donne-moi ton doigt.

Je m'exécute, ne lâchant pas son regard. Elle y dépose un peu de produit.

— Maintenant, applique-le sur tes lèvres, tu sens comme c'est frais ?

Il me donne une sensation de fraîcheur que je crève d'envie de réchauffer sur sa peau.

— Passe ta langue sur tes lèvres à présent.

Aussitôt dit, aussitôt fait. Ça picote, c'est agréable, j'imagine déjà la sensation si elle venait à me lécher avec... *Je m'enflamme toute seule là...*

— Tu sens comme ça picote ? C'est cette sensation qui donnera l'impression de chaud-froid activée par la salive à ton homme. Il n'y aura pas de picotement, comme là, pour toi, car mélangé à la salive et dans l'action, seul le goût de fraise ressortira.

Elle se lève alors pour reposer le gloss sur la grande table et revient avec le constat me laissant totalement dépourvue.

— Tiens, j'ai déjà rempli ma partie, il ne reste que la tienne pour relater ce qui s'est passé.

Tel une automate, je complète le constat avec elle, totalement chamboulée par ce qui vient de se passer. Et je ne parle pas du picotement sur mes lèvres, je n'ai qu'une envie l'atténuer en goutant sa peau.
Une fois le formulaire rempli et encore perturbée, je me lève afin de partir.

— Je vais y aller, merci pour le verre d'eau et les explications. Encore désolée pour ce matin.

Alors que je me dirige à contrecœur vers le couloir, elle se lève et m'attrape doucement le bras.

— Ça te dirait d'organiser une réunion ? Tu pourrais proposer à quelques copines de venir chez toi et je vous présenterais les produits... En tant qu'hôtesse, en plus, tu gagnes un cadeau...

Organiser une réunion et te revoir ? Et comment !!!

— Oui pourquoi pas, je leur en parle tout à l'heure, j'ai rendez-vous avec elles, justement.
— Super ! Tu as mon numéro, n'hésites pas, que ce soit pour ça ou pour autre chose...
—Autre chose ?

Je la vois réfléchir un instant, et tout en lâchant un « et puis merde », elle me plaque contre le mur et m'embrasse. Ne sachant pas comment réagir, je la laisse faire avant de me décider à répondre à son baiser. D'abord, timide, il se fait plus pressant lorsque sa langue franchit le barrage de mes dents.

Une de ses mains est posée sur ma nuque, alors que l'autre descend le long de mon cou jusqu'à ma poitrine qu'elle caresse doucement avant de poursuivre sa route pour arriver sur ma cuisse. Elle remonte le tissu de ma robe, et caresse mes fesses.

À bout de souffle, notre baiser s'arrête. Je m'écarte

pour la regarder droit dans les yeux et y décèle des étincelles de désir.

— Tu veux toujours partir ?

Partir ? Quelle idée ! Pour toute réponse, je lui dépose un baiser sur les lèvres, elle m'attrape la main et m'invite à la suivre dans les escaliers. Au moment de monter, mon corps se fige, sait-elle vraiment ce qu'elle fait ? Elle se retourne, descend une marche et me dit d'une voix douce :

—Fais-moi confiance.

Il n'en faut pas plus pour que la raison me lâche et que je la suive. Il faut croire que je ne suis pas la seule à aimer les plaisirs charnels d'un corps de femme.

Arrivées à l'étage, elle ouvre la première porte qui s'offre à nous. Nous nous retrouvons dans sa chambre, sobre et classe comme son salon, sur la droite, une coiffeuse où sont disposés des produits de beauté, à côté, une jolie armoire en bois clair, en face un lit assorti, avec ses deux tables de chevet.

Elle me guide jusqu'au centre de la pièce avant de venir m'embrasser à nouveau. C'est doux et sucré, mais trop court à mon goût. Elle se place ensuite dans mon dos. Sa main pousse mes cheveux délicatement. Elle dépose dans mon cou un baiser qui me fait frissonner alors que sa main descend la fermeture éclair de ma robe. Elle revient face à moi et, sans quitter mon corps des yeux, baisse une bretelle de ma robe puis l'autre. Le tissu tombe à mes pieds. Comme je ne porte pas de soutien-gorge, mes seins nus et durcis par l'excitation se révèlent directement à elle. Nos regards se croisent, elle me dévore des yeux.

Mes mains l'effleurent et je commence à déboutonner sa robe, découvrant ainsi son dessous écru. Mon regard fait des va-et-vient entre ses yeux et son buste qui se dévoile à moi petit à petit. Sa beauté m'hypnotise, elle se mord la lèvre pendant que je fais glisser ses bretelles et laisse tomber le tissu à ses pieds. Des relations avec des femmes, j'en ai eu quelques-unes, mais aucune n'avait sa beauté ni ses courbes parfaites.

Les yeux pleins de désir, je passe derrière elle, je dégrafe son soutien-gorge à mon tour, je dégage sa nuque pour y déposer de petits baisers et admirer un tatouage que je n'avais pas vu jusque-là. Il représente une plume dont des oiseaux s'échappent, un dessin qui parait lui correspondre à merveille, douce comme une plume et l'esprit libre. Puis je délivre enfin ses seins magnifiques. Mes mains viennent les emprisonner, mon visage toujours contre son cou. Je les caresse, en titille la pointe, je sens son corps se tendre, elle laisse échapper un râle de plaisir m'incitant à aller plus loin.

L'une de mes mains descend le long de son ventre plat jusqu'à la lisière de son string. Je m'arrête juste là en attente de son approbation. Elle agrippe mes doigts et les guident sous la dentelle. Son intimité est chaude, bouillante même, j'effleure son clitoris et y dessine de petits cercles lentement. Ses gémissements sont excitants, elle colle et remue son bassin contre moi.

Elle s'empare de son sein libre d'une main et de l'autre ma cuisse, rapprochant un peu plus nos corps l'un contre l'autre. Je m'aventure encore plus bas et entre un doigt en elle. Je suis surprise de la trouver aussi humide. J'en ajoute un deuxième et mon pouce s'empare de son clito. La valse imposée de va-et-vient la fait gémir. Elle rejette sa tête en arrière m'offrant une vue imprenable sur ses seins. Sa main vient se poser par-dessus son string appuyant mes gestes. Je ne pensais pas donner un jour un orgasme aussi vite et juste avec trois doigts, mais ses cris et son corps qui se contracte m'en donnent la preuve.

Je reste dans cette position sans bouger, mon visage dans ses cheveux, le temps qu'elle reprendre ses esprits. Sa respiration revient peu à peu à la normale. Je retire ma main et dépose un baiser au creux de son cou, elle se retourne face à moi, souriante et les yeux pétillants.

Ses lèvres viennent se poser sur les miennes avant

qu'elle ne me prenne la main et me guide jusqu'au lit. Elle m'y allonge et se place à califourchon sur moi avant de m'embrasser, mais cette fois plus fougueusement, ses mains parcourent mon corps. Je la sens affamée et je le suis tout autant.

Elle met fin à notre baiser et sa bouche part à la découverte de mon corps puis descend le long de mon cou, un frisson de plaisir me donne la chair de poule, puis atteint mes seins. Sentir sa langue sur mes tétons me met dans tous mes états, elle s'amuse à les mordiller tout en me regardant dans les yeux pour voir ma réaction. Cette nana me rend dingue ! En appui sur mes avant-bras, je regarde sa bouche se frayer un chemin le long de mon ventre pour arriver à mon string qu'elle attrape avec ses dents afin de le retirer lentement. Dieu qu'elle est excitante ! Sa bouche remonte le long de ma jambe, ne détournant jamais ses yeux des miens. Elle s'amuse avec ses lèvres sur mon entrejambe sans jamais aller là où je la désire. Elle me frustre autant qu'elle m'excite et elle en joue.

Elle s'arrête et se penche pour atteindre la table de nuit, les seins quasiment sur ma tête. Je ne peux résister à l'envie d'en embrasser un. Quand elle se redresse à nouveau, elle tient dans sa main, un tube que je reconnais. Elle applique son fameux gloss (*même ce geste chez elle est sexy !*). Elle le repose et retourne entre mes jambes. Toujours en appui sur mes bras, j'admire sa bouche qui se pose sur mon sexe, un râle de plaisir incontrôlé s'échappe de ma bouche. Je balance la tête en arrière et savoure la sensation que me procurent les caresses de sa langue. J'ai chaud, j'ai froid, je frissonne. Impossible de savoir si c'est son gloss ou juste elle, mais tout mon corps est sous pression. Je lève la tête afin de la contempler et le spectacle qu'elle m'offre est magnifique.

Elle est à quatre pattes tellement cambré que sa chute de reins en est indécente, sublime. Elle relève la tête sans jamais rompre le contact de sa bouche sur mon clito, mais je distingue tout de même un sourire au coin de ses lèvres. Elle me fait un effet de dingue et m'envoie dans un autre univers quand elle entre deux doigts en moi. Mêlés à sa langue, ils me font chavirer, je sens l'orgasme arriver. Mon corps se contracte, elle continue sa cadence, je perds la raison, mes mains agrippent ses cheveux pour l'inciter à ne pas s'arrêter. Mon corps se tend et je rends mes dernières armes dans un cri de jouissance. Les mouvements de sa langue ralentissent, sa bouche remonte le long de mon ventre, s'arrête sur mes seins avant de venir se poser sur la mienne dans un baiser doux et sensuel. Elle s'allonge sur le côté et me prend dans ses bras.

Durant tout ce temps, aucun mot n'a été prononcé et c'est toujours dans ce même silence que je sombre peu à peu dans le sommeil.

Élodie

Quand j'ouvre les yeux, il fait nuit dans la chambre et le lit est vide, je regarde mon réveil qui indique une heure vingt-huit du matin.

Waouh ! J'ai dormi tout ce temps !

Il faut dire que c'était un moment intense. Je pensais qu'elle me repousserait au moment où je l'ai plaquée contre le mur ou encore quand je l'ai emmenée vers l'escalier, mais non, elle m'a suivie et donnée un orgasme fantastique.

J'attrape mon kimono en satin blanc et descends au salon pour prendre mon téléphone, un mot est posé à côté :

Merci pour ce moment.
A.

Malgré l'heure tardive, je décide de lui envoyer un message.

> Pourquoi es-tu partie ?

À ma grande surprise, elle y répond au bout de

 95

cinq minutes.

Ambre: Désolé, j'étais attendue

Tu ne regrettes pas ?

Ambre: Je devrais ?

Non c'était un moment exquis

Ambre: Je suis entièrement d'accord

Passe une bonne fin de soirée alors.

Ambre: Toi aussi bonne nuit

Je repose mon téléphone et pars me servir un grand verre d'eau fraiche. Tout en rangeant la table je réfléchi à ce qu'il vient de se passer.

J'ai appris à laisser libre cours à mes envies au fil des années. Tu as envie de sexe ? Alors, fonce ! Un homme, une femme peu importe, c'est sur l'envie de l'instant présent.

Avec Ambre ça a été une pulsion, déjà ce matin quand je l'ai vu sortir de sa voiture elle a eu ce petit « je ne sais quoi » qui m'a tout de suite plu. Pour tout avouer j'avais un constat dans ma voiture mais je voulais la revoir alors j'ai menti.

Quand elle est arrivée ce soir avec sa robe sexy, ses cheveux lâchés, j'en ai eu le souffle coupé ! J'ai bien vu quand je lui ai parlé du gloss la tête qu'elle faisait, j'ai senti son regard quand j'avais le dos tourné, à plusieurs reprises j'ai eu envie de lui sauter dessus mais les signes qu'elle lançait étaient contra-dictoires. Pourtant au moment où elle allait partir je n'ai pas pu m'empêcher, il fallait que je sache, et je n'ai pas été déçue.

Je ne suis pas du genre à m'accrocher ou à vivre une belle histoire d'amour, je ne rappelle jamais les personnes avec qui je couche, du one shot sans len-demain c'est ce qu'il me faut mais là j'avoue que la revoir ne me déplairai pas. Si elle le souhaite ce sera à elle de faire le premier pas.

Ambre

Cela fait un mois, et je n'ai aucune nouvelle d'Élodie. Elle a sûrement mal pris le fait que je parte pendant son sommeil ou alors elle regrette ce qui s'est passé. Le problème, c'est qu'en rejoignant les filles ce soir-là, j'ai eu le malheur après quelques verres de leur parler de la réunion sextoys, et depuis elles ne me lâchent plus avec ça. Mise à part Élodie, je ne connais personne qui en organise.

> **Karen :** Grosse t'en ai ou pour la réunion ?

Qu'est-ce que je disais... Bon quand faut y aller, faut y aller... Après tout, je n'ai pas à avoir honte elle le voulait autant que moi, c'est quand même elle qui s'est jetée sur moi ! Et puis avec de la chance, elle m'orientera vers une de ses collègues et le problème sera réglé...

1ère sonnerie... *Elle va m'envoyer balader...*
2ème sonnerie... *Ou alors elle ne se souviendra pas de moi, et ça, ça foutrait un sacré coup à mon égo !*
3ème sonnerie... *Quand je repense à sa bouche sur...*

99

— Allô ?

— Euh, bonjour c'est moi...

Non, mais quelle cruche !

— Moi ?

— Oui, Ambre, tu sais la fille que tu as fait jouir avec ta bouche, il y a un mois.

Arrête de t'énerver ! Si au moins tu avais dit bonjour, c'est Ambre ! Mais non toi tu crois que la nana elle a enregistré ton numéro...

— Vous voulez parler à Élodie, je suppose...

— Je me suis trompée de numéro ? Merde je suis désolée ! Enfin non pas merde, mince. Et merde je suis vulgaire. Je suis...

Je n'ai pas le temps de finir qu'elle me coupe en rigolant.

— Vous ne vous êtes pas trompée, c'est bien son portable, je suis Nelly son amie, attendez je vous la passe.

— Euh oui d'accord encore désolée.

Et merde, mais que je suis conne aussi ! Pitié, trouvez-moi un trou de souris que j'aille m'y cacher.

— Ambre ?

— Élodie, c'est toi ?

— Elle-même, je vois que tu as fait la connaissance de Lyly !

— Je suis vraiment désolée, je ne sais plus où me mettre, je ne voulais pas dire ça surtout à ta copine, c'est sorti tout seul.

— T'inquiète pas, elle est habituée avec moi, ce n'est pas ça qui va la choquer. Pourquoi m'appelles-tu ?

Sa copine est habituée à avoir des nanas au téléphone qui lui raconte qu'Élodie leur a fait un cunni!?

— Allô!?
— Pourquoi je t'appelle ?

Pourquoi je l'appelle déjà !?

— Oui, c'est ce que je viens de te demander...

— Ah, oui. Alors voilà, euh... j'ai parlé de la réunion à mes amies et elles veulent en faire une. Du coup on se demandait comment ça se passait.

— Il faut que vous soyez au moins cinq ou six personnes, hommes femmes peu importe, pas de minimum d'achats, si vous ne commandez rien ce n'est pas grave et tu gagnes un cadeau en fonction du chiffre de la réunion.

— Oh, super !

— Si c'est bon pour toi il faudrait que l'on se voit afin de mettre tout au point et que je regarde comment placer ma table.

— Tu veux venir chez moi ?

— Oui, enfin, si c'est chez toi que la réunion est organisée ?

— Oui, oui c'est chez moi. Eh bien, viens quand tu veux. On voudrait la faire dans deux semaines pour l'anniversaire de Karen, mon amie. Enfin, une amie, quoi.

Mais pourquoi tu précises !?

— J'avais compris. Alors on peut se voir la semaine prochaine, disons le mercredi soir ?

— Je finis à 19 h donc vers 20 h.

— Ça me va.

— Super à mercredi alors. Bonne soirée !

— Ambre !

— Oui ?

— Pense à m'envoyer ton adresse !

— Mon adresse ? Ah oui pour venir... Pas de souci, je te l'envoie.

— Bonne soirée !

Mais pourquoi suis-je aussi cruche au téléphone avec elle ? À croire que mon cerveau se met en mode « off » au pire moment à chaque fois. Pas étonnant qu'elle ne m'ait pas rappelée, qui voudrait revoir une nana qui n'est pas capable d'aligner deux mots, et puis si il faut c'était sa petite amie... Enfin une petite amie qui rigole à ce que j'ai dit, c'est peu probable si? J'envoie aussitôt un message groupé à Karen et Caro.

Yo les dindes, réunion programmée pour dans deux semaines, nos entrecuisses ne vont pas s'en remettre !!

Karen : De la bombe !! Pour mon anniv en plus, parfait !

Caro : À défaut d'un mec, je m'offre un gode turbo 3000 !!

Karen: Ouaii vive les queues en plastique!

Bande de folles!

 Élodie

— C'est qui, cette fille que « tu as fait jouir avec ta langue » ?

— Rien, juste une nana qui est rentrée dans ma voiture et on s'est vues pour remplir le constat.

— Donc, toi, tu remplis un constat et sautes la personne juste après ?

— Lyly, c'est bon ! Pas la peine de faire ta « choquée » OK ? Tu me connais !

— Mieux que tu le penses... Entre le sourire que tu affichais en parlant avec elle, et ta mauvaise humeur naissante, je me pose des questions. C'était quand ?

— Je sais plus y'a un mois pourquoi ?

— Non comme ça, ça correspond juste au moment où tu as commencé à être encore plus chiante qu'avant...

— N'importe quoi ! On a couché ensemble une fois et ça s'arrête là ! Et je ne suis pas chiante.

— Mouais... Et tu vas quand même animer sa réunion ?

— Pourquoi pas !

— « Règle 5 : je ne revois jamais un coup d'un soir. » C'est toi qui l'as dit !

— C'est différent, elle veut une réunion, je ne vais pas dire non, c'est quand même mon gagne-pain !

— Arrête ! Avec une autre, tu aurais envoyé une des filles ou moi.

— Je ne vais pas te lâcher comme ça pour une première réunion. Je t'ai dit que je serai avec toi ce jour-là.

— Alors si je me trompe, laisse-moi la faire, comme ça je verrai comment elle est...

— Je la ferai parce que je viens de m'engager auprès d'elle. Mais viens si ça te chante, tu verras qu'il ne se passera rien de plus entre elle et moi.

— Je persiste, mon instinct me dit que cette fille ne te laisse pas insensible.

— Tu sais où tu peux te le foutre ton instinct ?

— Là où tu ne poseras jamais ta bouche, ma chérie, mais moi aussi, je t'aime. Allez, je dois filer, mais je veux assister à cette réunion.

—On en reparle.

Après le départ de Lyly je me retrouve seule à repenser à cette réunion. Lyly a raison je ne l'aurais pas fait en temps normal, j'aurais délégué.

Les seules réunions que j'anime sont pour mes clientes fidèles qui ont démarrées avec moi. Mais la revoir est trop tentant même si je sais qu'il ne se passera plus jamais rien, après tout elle ne m'a jamais rappelé ni envoyé de message ! Bon il faut que je me la sorte de la tête ! Et pour ça, rien de mieux qu'une petite sortie en boîte ce soir !

Ambre

On est mercredi. La semaine est passée à une vitesse folle. Élodie doit arriver d'ici une heure et ça m'angoisse. Est-ce qu'elle va faire comme si rien ne s'était passé ? Et moi, comment dois-je me comporter ? C'est bien compliqué tout ça ! Elle aurait dû me donner le numéro d'une de ses employées, ça aurait été tellement plus facile.

Plus qu'une demi-heure avant qu'elle n'arrive, et je suis toujours plantée devant mon armoire sans savoir comment m'habiller... Vu la chaleur ambiante, j'opte pour une petite jupe fluide noire qui m'arrive à mi-cuisse ainsi qu'un top rose pâle. Je laisse mes cheveux détachés, me maquille légèrement et me voilà prête à l'accueillir. En l'attendant, je range un peu le salon, moins grand que chez elle, un meuble télé et une table basse en bois, un canapé marron, une petite table pour manger et une bibliothèque. Voilà tout ce qu'il y a. Je pense qu'à six, on y sera à l'aise, il suffira juste de rajouter quelques chaises et de ne pas vouloir danser la samba dans le salon.

Vingt heures pile, elle sonne à la porte. Quelle n'est pas ma surprise de constater qu'Élodie n'est pas seule ! Une jeune femme l'accompagne, brune, les yeux verts. Au premier abord, elle a l'air sympa, mais en la voyant, ma bonne humeur s'est vite envolée.

— Euh, entrez.
— Merci. Je te présente Nelly, mon amie que tu as eu au téléphone et toute nouvelle ambassadrice. Je me suis dit que ce serait sympa qu'elle vienne pour voir comment ça se déroule.
— Oui, pas de souci.

Putain la honte.

Je les guide jusqu'au salon et les invite à s'asseoir sur le canapé.

— Vous voulez boire quelque chose ? J'ai du soda, du sirop, du jus de fruits...
— Un jus de fruits sera parfait.
— Pour moi aussi, merci, répond Nelly.

Je file dans la cuisine nous servir à boire. C'est elle, la *fameuse* copine qui m'a répondu au téléphone la dernière fois. Que doit-elle penser de moi ?

Je rapporte les jus de fruits et rapproche une des chaises afin de m'installer.

— J'espère que tu auras assez de place sur la table pour t'installer.

— Oui, c'est parfait. Je la rapprocherai un peu du canapé, et tu pourras mettre tout ce qui est boissons et gâteaux sur la table basse. Nelly ne sera là que pour assister et voir comment se déroule une réunion.

— Vous n'avez jamais assisté à une réunion ?

— Si, tout au début quand Élo s'est lancée, mais ça remonte à un petit moment. Et ça ne me fera pas de mal de me remettre dans le bain doucement.

— D'accord. Et sinon, Élodie, comment va se dérouler la soirée ?

— Un peu comme une partie de sexe. On commence doucement avec les préliminaires, tout ce qui est huiles de massage, cosmétique érotique, le gloss fellation... Ensuite on réchauffe encore un peu plus l'ambiance avec les jeux coquins pour arriver au bouquet final les sex-toys

En disant ces mots, elle plante son regard dans le mien et sourit. J'ai du mal à déglutir. Nelly la fixe d'un air étonné, visiblement, elle ne s'attendait pas non plus à cette réponse. Je fini par me demander si elles sont vraiment ensemble elle n'oserait pas me regarder comme ça sinon, si ? Ou alors elles aiment les trucs à trois, mais ça c'est hors de question ! Enfin... Mais Élodie me sort de ma rêverie et enchaîne aussitôt.

— À la fin, je vous passerai les catalogues, vous montrerai la lingerie et répondrai aux éventuelles questions.

— D'accord euh la lingerie on doit l'essayer ? Et pour les commandes ?

— On peut faire un petit défilé oui, ça peut être intéressant... Pour les commandes il me faudra un petit coin dans une autre pièce afin d'avoir un peu d'intimité avec la personne, certaines sont gênées de le faire devant les autres.

— Un défilé, euh oui on verra, les filles ne sont pas farouches.

— Ça me plait ça !

—J'ai une coiffeuse dans ma chambre pour s'installer si besoin pour les commandes.

— J'aurais la place d'installer mon ordinateur dessus ?

— Je peux te montrer si tu veux. Comme ça, tu me dis si ça te va ou si je dois prévoir une table d'appoint.

— Je veux bien. Nelly prépare quelques catalogues afin de jeter un œil dessus avant la réunion.

Sur ces mots, on se lève et je l'invite à me suivre. La chambre se situe au fond du couloir, j'ouvre la porte et la laisse entrer. Mon cœur bat à une vitesse vertigineuse.

— C'est joli ici, dit-elle en regardant la décoration.

Sur la gauche se trouve la fameuse coiffeuse en bois patiné que je tiens de ma grand-mère, juste à côté un mannequin de couturière, en face un grand lit à baldaquin aux voiles pourpres et sur la droite, un placard encastré dans le mur. Afin de rendre la pièce chaleureuse, j'ai accroché quelques cadres épurés dont les teintes varient de la couleur des voiles au rouge profond.

— Merci, dis-je, ravie que cela lui plaise.
— J'espère que ça ne te dérange pas que je ne sois pas venue seule ?
— Non, pas du tout.

En fait, si. Au fond, je suis déçue, mais je ne veux pas lui avouer. J'aurais aimé que l'on puisse discuter un peu.

— D'accord. Ici, ce sera parfait pour prendre les commandes, il faudra juste rajouter une chaise supplémentaire.
— Ce sera fait.

Avant de retourner au salon, Élodie s'arrête, se retourne et me dit très sérieusement en plongeant ses yeux dans les miens.

— Tu es magnifique, aujourd'hui.
— Merci...
— Écoute, à propos de ce qui s'est passé, je...

Mais Nelly nous coupe en débarquant dans la chambre.

— C'est bon, tout est prêt. Oh… pardon, je vous dérange peut-être ?

— Non, c'est bon, je disais à Ambre que ce serait parfait pour les commandes.

Visiblement contente de son interruption, Nelly retourne au salon et Élo la suit sans finir sa phrase, me laissant frustrée. Que comptait-elle me dire ? À mon retour dans la pièce, Nelly me tend des catalogues.

— Tiens, en voilà deux, comme ça, tu peux déjà commencer à les regarder tranquillement de même que tes amies. Et celui-ci, c'est la lingerie.

— OK, merci.

— On va te laisser, je dois encore déposer Nel chez elle, on se voit samedi prochain et si, d'ici là tu as des questions, n'hésite pas à m'appeler.

— Pas de problème, merci.

Je les raccompagne à la porte, Nelly me fait la bise et se dirige vers la voiture. Élo s'approche de moi, dépose un baiser sur le coin de mes lèvres et part sans un mot. Elle va me rendre dingue !

# Élodie

Sur le chemin du retour, je suis plongée dans mes pensées, Ambre m'a coupé le souffle quand je suis entrée chez elle. Je l'ai presque embrassée en partant pour voir sa réaction, mais elle n'a pas bougé d'un pouce. Il faut que j'arrête de me faire des films, il ne se passera rien de plus entre nous.

— Elle est belle !

Je tourne la tête vers Nelly, mais elle regarde dehors. Ai-je bien entendu ? Elle a dit qu'elle trouvait Ambre jolie ??

— Je sais..., réponds-je, nostalgique, ne sachant pas comment interpréter sa réplique.

Elle tourne enfin la tête vers moi.

— Elle te plaît vraiment, pas vrai ?
— Disons qu'elle ne me laisse pas indifférente.
— J'en étais sûre ! Ce n'est pas pour rien si tu as accepté de faire cette réunion.
— C'est le seul moyen que j'ai trouvé pour la revoir.
— Pourquoi ? Tu n'avais qu'à l'appeler tout simplement.

— C'est compliqué, Nel. Après le moment que l'on a passé ensemble, elle est partie en douce. Elle n'a pas cherché non plus à me revoir donc j'en ai conclu qu'elle regrettait. Et puis, je n'aime pas m'accrocher, tu le sais.

— Elle n'a peut-être juste pas osé... Et il serait temps que tu t'ouvres un peu plus aux autres. D'ailleurs, désolée d'avoir débarqué dans la chambre.

— Tu l'as fait exprès !?

— Un peu...

— Je m'en doutais. Et puisque nous en sommes aux confidences, tu en es où, toi ? C'est vrai, tu évites le sujet depuis des mois.

Son regard part dans le vide, mais elle ne répond pas.

— Tu sais que tu peux tout me dire ! Ça donne quoi avec Bastien ?

Je la vois hésiter un peu. Ses sentiments sont un peu mitigés. D'un côté, je sais qu'elle m'en veut de l'avoir poussée à s'inscrire sur ce site, car se retrouver face à lui a été un choc, mais en même temps, depuis elle s'est épanouie.

— À vrai dire, nulle part. Il continue à tout faire pour que je revienne, mais je n'y arrive pas. Il y a eu trop de faux-semblants et de mensonges entre nous.

— Ça va faire neuf mois... Il s'accroche quand même.

114

— C'est peut-être ça, le problème, il est là à s'accrocher à l'espoir que je revienne, mais j'aime ma nouvelle vie. Je l'ai aimé comme une dingue et je l'aime toujours, mais autrement. Il est le père de mes enfants et je serai toujours là en cas de coup dur, mais ça s'arrête là !

— Pourtant, ça se passait bien juste après l'histoire de l'hôtel.

— Parce que c'était nouveau, qu'une barrière était tombée. Mais je me suis vite aperçue que tout ça ne me convenait plus. Tu m'as aidée à retrouver la Nelly sauvage et sexy et je ne veux plus être à nouveau *emprisonnée* dans une cage, c'est terminé. Je sais qu'en me remettant avec lui, c'est ce qui finira par arriver, alors oui, nous deux, c'est bel et bien fini.

— C'est vrai que de te voir rayonnante comme ça, c'est vraiment super. Si tu es sûre de toi, je respecte ton choix.

— J'en suis sûre ! *Douce Lyly* est devenue *Sexy Lyly* et j'ai bien l'intention que les choses restent ainsi !

— Amen !!!

C'est sur le fou rire qui a suivi que j'ai déposé Nel chez elle.

De retour à la maison, Ambre ne quitte pas mes pensées. Je n'arrive pas à m'expliquer ce qui se passe. Depuis le premier regard, elle m'obsède et avec la nuit que l'on a passée, c'est pire. Je n'ai qu'une seule envie : être avec elle. Ça va au-delà du sexe, je le sens. Le problème, c'est que j'ai tellement souffert par le passé que ce genre de chose ne m'arrive pas d'habitude.

Je me suis forgée une carapace si épaisse que le seul endroit où les personnes rentrent maintenant, c'est dans mon lit. Homme, femme peu importe ce que je cherche, c'est le plaisir sans contrainte et c'est très bien ainsi. Sauf qu'Ambre a réussi à trouver une porte dérobée et à entrer par effraction. Et maintenant, je me retrouve comme une conne à espérer la revoir : peu importe l'excuse ou le contexte. Je sais que je ne devrais pas car ça va au-delà des limites que je me suis toujours fixées, mais cette fille aura ma peau si ce n'est mon cœur.

Ambre

Cacahuètes, hors d'œuvre, saladier de punch, je pense que tout est bon, je n'ai rien oublié. La table basse est prête, la grande table est positionnée. Je n'ai plus qu'à attendre Élodie et Nelly qui installeront les produits avant l'arrivée des filles ; ensuite, quand tout le monde sera présent, la réunion pourra commencer.

Enfin, quand je dis « les filles », il y aura Paul, mon meilleur ami, que je connais depuis l'âge de cinq ans. J'ai longtemps été amoureuse de lui, mais malheureusement, il préfère les hommes. Il est totalement déluré, et à mon avis, avec lui, on n'a pas fini de rigoler. En tout, nous serons cinq puisque deux invitées n'ont pas pu venir. Il y aura Karen, Caroline, sa sœur Marine, Paul et moi.

Maintenant que tout est prêt, il me reste une petite heure avant la venue d'Élodie. Je file me préparer. La question existentielle est... Que vais-je mettre ? Oui, je sais, c'est toujours LA question quand il s'agit de la voir. Je n'ai pas envie d'en faire trop et en même temps, je veux la rendre dingue, qu'elle me désire.

Les choses ne sont pas aussi simples, je ne sais même pas si elle pense à moi parfois ou si elle voudrait me revoir en dehors de la réunion. Mais admettons que ce soit le cas, et avec ce qui s'est passé quand on s'est revu j'ai espoir, alors, je veux qu'elle soit tellement subjuguée qu'elle n'ait qu'une seule envie : me sauter dessus.

Je mets une jupe noire arrivant à mi-cuisse avec un top rouge à fines bretelles au décolleté assez..." comment dire... plongeant ! Il va sans dire qu'avec ce haut, le soutien-gorge est à proscrire, heureusement que j'ai la poitrine ferme. Puis je choisis un rouge à lèvres rouge profond qui me fait une bouche pulpeuse, mais pas trop, et je laisse mes cheveux libres un peu en désordre pour me donner un petit air rebelle. À peine le temps de me mettre une touche de parfum que ça sonne à la porte.

Quand j'ouvre, Élodie est seule, magnifique dans sa petite robe noire cintrée à la taille. Je lui fais la bise et l'invite à entrer.

— Nelly ne devrait pas tarder, je pense.
— D'accord, tu as besoin de quelque chose ?
— Non, c'est bon, je vais installer ma table.

La voilà à aménager sa table, sans me décrocher un regard ou un mot. Je suis chez moi, mais je me sens de trop. Finalement, je crois que je me suis vraiment fait des idées sur nous. Quand tout est prêt, je la vois regarder l'heure et pester dans son coin.

— Il y a un problème ?

— Oui, Nel devrait déjà être là et j'ai horreur des gens en retard, elle le sait !

— Elle n'a que dix minutes de retard, elle va arriver.

— Hum, mouais.

— Tu veux boire quelque chose ?

— Un café, s'il te plaît

— OK, je t'apporte ça.

Quelle humeur de chien... !

Je lui rapporte une tasse de café et la pose sur la table basse. Je m'assois à bonne distance d'elle.

— Tu es sûre que ça va ?

— Écoute Ambre, au sujet de la dernière fois, tu sais, quand on était dans ta chambre, j'ai essayé de te parler, mais Nelly est arrivée.

Enfin, elle aborde le sujet

— Oui, je me souviens, qu'est-ce que tu voulais me dire ?

— Voilà, depuis la première fois où l'on s'est rencontrées...

"Sonnerie"

Élodie est coupée dans sa phrase par quelqu'un qui sonne à la porte.

Décidément...

— Désolée, je vais ouvrir.

C'est Nelly, dis-je à l'intention d'Élodie.

— Salut, je m'excuse, je suis en retard, ça va, les invités ne sont pas encore arrivés ?
— Non, pas encore, entre. Élodie est dans le salon.

Elle a le chic pour nous couper à chaque fois ! À peine le temps de refermer la porte, qu'on sonne à nouveau. J'ouvre et cette fois, c'est Paul.

— Ma chérie, tu es sublime, tu me fais fondre.
— Merci,

Je l'accompagne jusqu'au salon, ou Nelly et Élodie discutent.

— Paul, je te présente Élodie et Nelly, ce sont elles qui vont animer la réunion aujourd'hui.
— Salut, moi, c'est Paul, l'homme de sa vie, dit-il en me mettant une main aux fesses.

Il s'est toujours présenté comme étant mon mec ; selon les circonstances, je le contredis ou non. Parfois, ça m'arrange bien, un peu comme là, quand je vois les yeux d'Élodie faire des va-et-vient entre lui et moi. Madame, serait-elle jalouse ? Eh bien soit, je vais jouer le jeu.

— Oui, Paul et moi, c'est une longue histoire, hein

bébé ? lui dis-je en lui faisant un clin d'œil.

Il doit sûrement se demander à quoi je joue car les seules fois où j'ai suivi son délire, c'était devant des mecs un peu trop pressants. Il me serre contre lui avant d'aller s'asseoir sur le canapé.

Je sens que ça va être intéressant !

On sonne à nouveau à la porte : ce sont les filles.

Elles entrent dans un brouhaha d'enfer complètement surexcitées. Je présente Marine, Karen et Caroline à Nelly et Ambre.

Après avoir servi à boire à tout le monde, je m'installe à côté de Paul en posant ma main sur sa cuisse. Voilà la réunion peut commencer.

Je n'avais pas vraiment prêté attention à la table, tout de rose et noir. La décoration est classe et sobre, tout ce que j'aime. Les accessoires sont disposés avec soin, chaque chose à sa place. Cependant mon regard est attiré par un objet pour le moins original. Mais qu'est-ce que c'est que ce truc ? On dirait une sorte de baguette magique qu'on pourrait trouver dans une fête foraine. Quelle horreur ! Y'a vraiment des filles qui se servent de ce truc-là ? J'ai hâte de voir de quoi il s'agit.

Élodie commence alors la réunion tout en évitant soigneusement mon regard. Nelly, quant à elle, nous fait tester les produits en question, mousse crépitante, huile de massage... Bon, je crois que la baguette attendra encore un peu.

Je tente en vain d'attirer l'attention d'Élodie par des regards, mais rien ne marche, pas même ma main qui caresse la cuisse de Paul. C'est énervant !

— À votre avis, quel est cet objet ?

Tiens, mon copain... Souvenirs et bouffées de chaleur s'emparent de mon corps...

— Un gloss !
— Oui, Caroline, mais encore, à quoi peut-il servir ?

Moi, je sais, et j'ai encore en mémoire le jour où elle me l'a fait essayer...
Nelly vient vers moi et me propose d'en mettre sur mon doigt afin que je l'étale sur mes lèvres.

— Euh, non... C'est bon, je connais déjà...

Karen et Caroline se tournent aussitôt vers moi, des billes à la place des yeux.

— Sérieux, tu connais et tu ne nous en as même pas parlé !
— Promis, ce n'est pas sur moi qu'elle l'a essayé ! s'écrie mon *amant* du jour.

Merci Paul, les pieds dans le plat comme à chaque fois. Je vois que les filles se posent des questions, le fait que je ne dise rien quand Paul joue mon petit copain leur met la puce à l'oreille. Je vais avoir le droit à un interrogatoire ce soir!

— Je ne l'ai pas essayé en condition, mais je connais. Bref, c'est une longue histoire, mais allez-y vous.

Elles ne se font pas prier et Paul non plus.

Mon regard capture celui d'Élodie et j'ai l'impression que le temps s'arrête. Repense-t-elle aussi à ce délicieux moment passé ensemble ? Aimerait-elle le revivre à nouveau ?

— Bébé, ce soir, je veux une fellation avec ça, dit Paul en posant sa main bien trop haut sur ma cuisse.

Non, mais ce n'est pas possible ! Pourquoi faut-il toujours qu'il parle au mauvais moment ! Les yeux d'Élodie se font plus sombres et elle détourne le regard avant de reprendre sa présentation tout en m'ignorant à nouveau. Et merde !!

 Élodie

Je cherchais comment avoir un moment, seule avec elle avant la fin de cette réunion et j'ai enfin trouvé. Nous allons voir, si Madame l'allumeuse est si joueuse que ça…

— Maintenant, je vais vous présenter un produit qui va en ravir plus d'une ! Mais le mieux est de le tester, tiens Ambre, viens avec moi dans la salle de bains, je vais t'expliquer comment l'appliquer. Pendant ce temps, Nelly va le présenter à tes invités.

J'ignore volontairement le regard inquisiteur de celle-ci quand j'attrape une petite trousse en même temps que le produit et invite Ambre à me rejoindre. Je vois bien qu'elle se demande à quoi je joue, mais je m'en fous, je ne tiendrais pas une heure de plus à la regarder se bécoter avec ce mec. Notre départ est accompagné de grands éclats de rire. Visiblement, ses copines s'en donnent à cœur joie et s'amusent bien.

Nous entrons dans la salle de bains, Ambre referme la porte et s'appuie contre le mur les mains derrière le dos, telle une enfant prête à se faire gronder.

— Tu ne m'avais pas dit que t'avais un mec…

Mon ton est plus sec que je ne l'aurais voulu.

— Tu ne me l'as jamais demandé...

Un point pour elle.

— Tu ne m'avais pas dit que tu avais une copine aussi.
— Parce que je n'en ai pas ! Il est au courant pour nous ?

Je la vois baisser les yeux, elle est étrangement mal à l'aise et je compte bien en jouer. Après tout depuis le début de cette putain de réunion, elle est là avec sa jupe qui ne cache pas grand-chose, son décolleté pigeonnant, la poitrine nue en dessous, à me lance des regards équivoques et il faudrait que je reste de marbre alors qu'elle se fait peloter par son mec. Ah, non là, c'est trop ! Vengeance !

— Non, il ne sait pas.
— Tiens donc, l'honnêteté n'est pas ton fort, on dirait...

Elle relève aussitôt la tête rouge pivoine et plonge son regard dans le mien. Un combat silencieux se joue en ce moment, qui gagnera ? Je ne suis pas du genre à me battre à la loyale, alors tout en fixant son regard, je débouche le tube que je tiens dans la main. J'applique une goutte du produit sur mon index droit et le repose dans l'évier. Je m'approche d'elle tel un félin voulant capturer sa proie. Elle ne dit toujours rien, mais je vois son corps se tortiller légèrement. Arrivée à sa hauteur, je remonte le bas de sa jupe de ma main gauche, sans lâcher son regard. Elle se laisse faire, ses grands yeux bleus ne lâchant toujours pas les miens. Alors que j'écarte son string, sa bouche s'ouvre légèrement, mais elle ne dit rien. Doucement, je viens poser le gel sur son clito, ses jambes s'écartent, son regard devient brûlant. Elle pose alors une main sur mon épaule, comme pour se soutenir face à la sensation qui la parcourt.

J'approche ma bouche de son oreille pendant que mon doigt la caresse doucement, je pose ma main gauche sur son sein.

Je lui demande, sourire en coin :

— Et ça, tu lui en parleras ?

Je mordille son oreille en attendant sa réponse

— Non...

Sa réponse n'est qu'un souffle, je la sens bouger son bassin pour accentuer mon geste. Un petit rugissement rauque sort de sa bouche.

— Ce n'est pas mon copain, c'est juste un ami, il est gay. Ne t'arrête pas, c'est tellement bon...

Je savais bien que quelque chose clochait !

— Un ami gay, hein !?

Sur ces mots, j'enlève mon doigt humide de son sexe bouillant. Je m'écarte pour voir son visage rouge et ses yeux m'implorant de la faire jouir.

— Non, je ne vais pas continuer, je veux que tu te sentes frustrée, comme je le suis depuis le début de la réunion en te voyant te frotter à lui tout en m'aguichant. Comme je le suis depuis presque deux mois. Mais si tu veux te faire pardonner, alors prends ce qu'il y a dans la trousse, mets-le et rejoins-nous.

Sa magnifique bouche s'ouvre, mais plus aucun son n'en sort, elle déglutit difficilement. Avant qu'elle n'ait eu le temps de dire quoi que ce soit, je récupère mon tube de gel, lui laisse la trousse, et sors de la salle de bains, la laissant à mi-chemin entre l'orgasme et l'incompréhension.

De retour dans le salon, tous les regards se tournent vers moi.

— Désolée, elle m'a posé plein de questions sur le produit. Alors, Nelly vous a tout expliqué ?

Ambre arrive à ce moment-là, toujours aussi rouge. Elle va se rasseoir tandis que ses copines se mettent à exploser de rire. Je me demande si elle a joué le jeu et mis ma petite surprise...

— Ouais et apparemment, elle est déjà passée à la « phase chaude », glousse Karen.

— Donc comme Nelly a dû vous le dire, ce gel est un excitant féminin, à base d'eau, de menthe et de l'arginine. Il est hypoallergénique et lors de l'application il vous donne une sensation de fraîcheur puis une sensation de chaleur vient doucement prendre le dessus. L'excitation monte, votre clitoris se gonfle sous l'effet du gel et ne demande qu'une chose : être soulagé. Ce gel est super, que ce soit pour celles qui ont des pannes d'envie ou alors juste pour booster le rapport avec leur partenaire. Un cunni par exemple vous envoie au septième ciel en une minute...

Je n'ai pas lâché Ambre des yeux durant toute mon explication. Je la vois se tortiller tout en essayant d'être discrète, c'est loupé !

— Qui veut essayer ?

Et comme à chaque réunion, elles se ruent toutes pour le tester !!

— Alors juste une goutte sur le bout du doigt suffit, pas besoin d'en mettre plus. Ensuite, vous l'appliquez sur le clito et sur les lèvres et vous revenez vous asseoir.

L'effet est quasi immédiat pour chacune d'entre elles.

— Paul, je te propose d'essayer celui-ci, comme

pour les filles, une goutte sur le doigt, tu l'appliques sur le pénis et tu reviens t'asseoir.

— Ah, enfin un truc pour moi !!

Il s'empare du gel et part en direction de la salle de bains. Fière de moi, j'explique aux filles qu'il s'agit à peu près du même procédé, mais qu'il est spécialement conçu pour les hommes. Il va faire affluer le sang vers la verge et l'exciter. Il aura également cette sensation de fraîcheur puis de chaleur. Avec ça, le rapport dure plus longtemps ou pour certains va durer comme d'habitude, mais ils pourront recommencer juste après.

— D'ailleurs, j'en connais deux qui vont être chauds bouillants, on n'a pas intérêt à rester après la réunion, où Ambre va nous mettre dehors...

Ma réplique fait rire ses copines, mais Ambre me lance un regard de tueuse à gages et je ne vous parle pas de celui de Nelly ! Au même moment, Paul revient rouge comme une pivoine, ce qui accroît l'hilarité des jeunes femmes.

Une fois les filles calmées, je leur présente toute la gamme des lubrifiants, à l'eau, au silicone, parfumés ou naturels. Puis vient le tour des jeux érotiques ; et l'ambiance monte encore d'un cran quand je leur fais découvrir le cœur Kamasutra.

Je les invite toutes à tirer un papier dans la boîte en forme de cœur que je tiens et demande à Paul de me rejoindre. En bon joueur, il accepte tout de suite. Chacune d'entre elles se retrouve avec une position du Kamasutra. Le jeu est de la reproduire avec Paul. Le couple le plus *performant* gagne un lot d'échantillons de produits. Certaines sont assez banales, mais d'autres sont... complexes !

Même moi, je me suis toujours demandé qui avait pu les inventer, et surtout si elles avaient réellement été toutes testées par leur créateur. Ambre, prise au jeu, sort son appareil photo afin d'immortaliser le moment.

Caroline s'en sort assez bien avec « le missionnaire », sa réalisation est vite bouclée.

Marine tire la position « L'aurore Boréale », la voilà toute tordue sous Paul pendant que les filles ricanent.

Ambre se retrouve avec « le petit pont », rien qu'avec son nom, je vous laisse imaginer la scène. Bien sûr, je ne loupe rien de sa jupe dévoilant le tissu de son string, que j'imagine encore trempé.

La pire des positions est tirée par Karen qui se retrouve à devoir exécuter désespérément « la brouette Thaïlandaise » avec Paul : lui debout et elle, essayant de faire le poirier. Autant dire que la scène est des plus comiques et les photos aussi. S'engage alors une conversation pour le moins intéressante entre Caroline et Marine.

— Attends, explique-moi un truc là, comment dans cette position, ils peuvent faire quoi que ce soit ? Elle a sa Minnie qui lui arrive au-dessus du bassin !

— Sa Minnie ? T'es sérieuse là, Marine ?

— Bah oui, pourquoi ?

— Et pourquoi pas sa minette pendant que tu y es !

— Ah, non ! Minette, c'est ma chatte et elle n'a pas du tout envie d'être mêlée à ce genre de pratique !!

— Oh, bah, la mienne ne demande que ça !

Tout le monde se tourne vers Caro, les yeux écarquillés.

— Ben quoi, j'ai le gel qui me chauffe encore moi !

— Non, mais minette, c'est ma vraie chatte, celle qui ronronne, lui répond Marine, s'enfonçant un peu plus dans ses explications.

Assises sur le canapé, Ambre et Nelly sont pliées de rire.

— Contente de savoir que ta chatte ronronne, la mienne, elle ne fait aucun bruit.

— Caro, tu es une menteuse ! Et la fois où tu nous as raconté ton pet vaginal !

— Mais t'es folle, Marine, j'ai jamais fait ça, moi !

— Si, si, je confirme ! s'écrie Karen

Nouvelle crise de rires.

— Ouais, enfin moi, je n'ai pas la queue à Tigrou, et clairement dans cette position, impossible de faire quoi que ce soit !

— Euh, que vient faire Tigrou dans tout ça, Paul ?

— Bah, attends Caro, t'as vu sa queue ! Quitte à parler des personnages de Disney, je préfère être Tigrou. En plus, elle est super malléable.

— Ouais, enfin là tout de suite, je m'imagine Minnie se prendre la queue de Tigrou, ça fait vraiment peur, lance Ambre.

— Je me demande lequel des deux est le plus à plaindre... surenchérit Nelly.

— Moi, je me suis toujours demandé si Mickey était un bon coup, après tout, c'est une souris et les souris, ça a de toutes petites queues. Au moins, Tigrou est bien membré.

Tout le monde se tourne vers Marine avant de partir dans une énième crise de rires.

— Bah quoi, qu'est-ce que j'ai dit encore ?

Là, il faut vraiment que je reprenne la réunion en main sinon c'est foutu !

— Euh, bon, les amis sur cette conversation très philosophique, on va continuer la réunion.

Ambre

La réunion se poursuit tant bien que mal, je ne pense pas qu'elles s'attendaient à avoir des invités aussi déchaînés, moi non plus d'ailleurs... Je savais qu'avec Caro et Karen, ça allait être la folie, mais là, ça dépasse tout ce à quoi je m'attendais. Déjà une heure et demie que la réunion a commencée et nous arrivons au plus intéressant de tout : les vibromasseurs et les godes. Les filles ne tiennent plus en place, chaque nouveau jouet est matière à anecdotes, blagues et fous rires. Certains sont très tentants, mais je n'en attends qu'un : la baguette magique.

Sauf qu'avant, Élodie a visiblement envie de m'en faire baver... Je la vois prendre en main un petit œuf tout rose, identique à celui qu'elle m'a laissé dans la trousse tout à l'heure. Je ne cesse de me demander à quoi il peut servir depuis que je l'ai inséré ; je crois que ma réponse va arriver plus vite que je ne le pensais...

Voici l'objet que votre partenaire adorera !!! Ici, vous avez un œuf, tiens Karen, prends-le. Et ici la télécommande. Et si on appuie ici...

Oh, merde, c'est quoi ce truc !? Ça se met à vibrer entre mes jambes bordel !! Tout le monde se retourne vers moi :

— Qu'est-ce qui t'arrive ? me demande Caro.
— Une mouche ! Une mouche m'a fait peur, désolée.

Me voilà en train de chasser une mouche imaginaire alors que dans mon sexe, se joue le remake de la macarena en vibrations !

— L'œuf se met à vibrer. Idéal pour les sorties en amoureux ou même les réunions de familles, histoire de les pimenter un peu. Vous avez un petit fil très solide afin de pouvoir l'enlever sans crainte et vous pouvez l'allumer sans problème, personne n'entendra rien. Il contient dix vibrations différentes, lance Élodie me regardant tout sourire.

Oui, bah, je les sens bien merci !

— Ma préférée, c'est celle-ci.

Oh, merde ! je comprends pourquoi. C'est tellement bon que c'en est une torture de ne pas gémir.

— Sachez qu'une télécommande peut allumer plusieurs œufs.

Sans déconner !

— Si par exemple aujourd'hui l'une d'entre vous en portait un, le sien s'allumerait en même temps que celui de démonstration, dit-elle grand sourire aux lèvres...

Garce !

Et voilà les filles qui s'amusent avec le gadget ; et que je te mets la vitesse une, oh non, testons la huit... Mon dieu ! Le canapé va être trempé à ce rythme-là, et moi, je vais exploser. Pitié ! Faites que ça s'arrête. Élodie me fixe sachant très bien ce qui se passe entre mes jambes à l'insu de tout le monde. Au secours !

Enfin, les vibrations cessent et un autre objet est présenté pour le plus grand soulagement de mon corps. Prétextant une envie pressante, je file aux toilettes retirer son engin de torture. Pfiou, ça fait du bien ! Même si maintenant, je n'ai qu'une envie, prendre mon pied au lit pour soulager mon énorme frustration. Je le cache dans la salle de bain en attendant de pouvoir lui rendre.

Quand je reviens Élodie tient dans ses mains, la fameuse baguette magique.

— Les filles ! Vous êtes prêtes à partir dans l'espace ?

Silence total. Tout le monde l'observe avec attention et la mienne redouble. Le voilà enfin ! De près, il est encore plus impressionnant. Il y a vraiment des filles qui arrivent à l'orgasme avec ce truc ? Ce n'est pas possible ! C'est énorme !!! Tellement subjuguée par l'objet en question, je n'écoute plus ce qu'Élodie nous raconte.

Entièrement rose, le bout du gode est parsemé de petits picots en caoutchouc et le stimulateur de clito a des antennes. Mais le clou du spectacle est quand elle l'allume. Il fait de la lumière !!

— Oh, la vache ! On dirait une soucoupe disco ! crie Karen.

Fou rire général. C'est vrai que là, elle nous a achevés !! Non seulement, il ressemble à un extra-terrestre, mais en plus, il est lumineux. Elles ont toutes l'air complètement sous le charme de cet OONI (Objet Orgasmique Non Identifié). Faut dire qu'Élodie le vend bien et avec envie.

Ah, enfin, mon tour !

Mais c'est incroyable, une fois dans mes mains de lilliputienne, il ne me semble plus si terrible que ça. Au contraire, je trouve ça même amusant, cette tête chercheuse rotative et ces lumières clignotantes.

Je passe d'une vitesse à l'autre, reviens sur la première. Non, pas celle-là !

Autre vitesse … Ah ouais… ça j'aime bien ! Ça doit être sympa !

Une autre encore … Oh ouiiiiii, j'adore ! Je l'imagine parfaitement placé entre mes jambes afin de soulager mon envie.

138

Bon, Ambre remets-toi là, tout le monde te regarde et je ne parle pas du regard d'Élodie qui, en deux secondes ferait fondre l'iceberg qui a fait couler le Titanic.

— Hey, Marine, avec ce joujou, tu pourras jouer à la spéléo interstellaire avec ta minette.

— Très drôle, Caro ! Jamais de la vie E.T. ne rentrera à cet endroit.

— T'es sûre ? Non parce que ton Bernard de l'autre fois, il avait un peu une tête d'extraterrestre... lui lance Caro.

— Ah ouais ? Bah excuse-moi, mais ça ne vaut pas ton Mathieu ; lui, c'était un sosie des frères Bogdanoff !

— Espèce de morue ! lui répond-elle en lui envoyant un baiser.

Le fou rire reprend tout le monde et la pauvre Élodie n'arrive plus à les canaliser. Heureusement pour elle, au bout de dix minutes, ça se calme et elle peut poursuivre la réunion.

— Voilà, je vous ai présenté une partie de ce que nous avons en vente. Le reste se trouve sur les catalogues que Nelly va vous distribuer. À l'intérieur, il y a de petites feuilles où noter tout ce dont vous avez envie. N'hésitez pas à nous poser des questions, on est là pour ça. Pour celles qui veulent, il y a de la lingerie en présentation avec leurs catalogues. Vous pouvez aussi essayer les modèles d'expo qui sont ici.

Les questions fusent, les carnets de notes se remplissent, les filles sont surexcitées. Certaines décide d'essayer les sous-vêtements, ne se gênant pas pour se changer devant Paul.

Elodie me conseille un ensemble rouge en dentelle très sexy, Karen me demande de l'essayer immédiatement. J'hésite, mon regard se pose sur Elo qui arbore un sourire magistral, puis cède sous la pression des filles.

Quand je reviens dans la salle le regard d'Elodie devient brûlant, elle me déshabille du regard. Je me sens presque gêné d'être dans cette tenue, la guêpière met en valeur mes seins, souligne ma taille et que dire du magnifique tanga qui va avec...

Après que tout le monde se soit rhabillé, Élodie part s'isoler dans la chambre afin de prendre les commandes des filles, me demandant de passer en dernier, même Paul s'est pris quelque chose ! Il ne veut rien me dire à part qu'il a un nouveau mec et qu'il a envie de tester quelques jouets avec lui.

Mon tour arrive, j'hésite. L'idée d'une nouvelle proximité avec elle après tout ce qui vient de se passer m'angoisse autant qu'elle m'excite. Je ne sais jamais comment me comporter en sa présence.

Je passe par la salle de bain pour récuperer son oeuf, puis la rejoind dans la chambre et vais m'asseoir à ses côtés tout en posant le jouet face a elle sans oser la regarder. Je sais que si je le fais, je suis perdue. Je sens ses yeux sur moi, je ne dois pas craquer, surtout pas sinon je suis foutue.

— Alors? tu a aimé?

Je redresse la tête pour lui répondre et mes yeux accrochent les siens, c'en est fini de moi, elle n'est qu'à quelques centimètres, sa poitrine se soulève au rythme de sa respiration saccadée, elle est tellement belle ! Et sa magnifique bouche, comment résister ? Je ne peux pas, je ne peux plus attendre, je dois savoir ce qu'il en est. Alors dans un élan désespéré, je m'approche un peu plus et l'embrasse. Elle ne recule pas, ne me rejette pas non plus, au lieu de ça, elle répond à mon baiser d'une façon aussi désespérée que moi. Notre baiser est passionné, sensuel. Je suis à bout de souffle, mon cœur est au bord de l'implosion.

Je me détache de ses lèvres pour la regarder, je lis dans son regard la même envie, la même excitation que la première fois.

— Oui.

Ma réponse n'est qu'un murmure. Elle approche à nouveau ses lèvres de mon visage et me répond:

— J'en étais sûre. Tes lèvres m'ont manquées .

141

Avant de m'embrasser à nouveau. Je n'ai jamais vécu pareil moment, nos bouches se fondent l'une sur l'autre, sa langue vient à la rencontre de la mienne dans une valse sensuelle. La main qu'elle pose sur le creux de mes reins me donne la sensation d'enfin lui appartenir.

— Élo, c'est bon, j'ai fini de ranger, oh, pardon...

Nelly choisit bien entendu ce moment pour entrer dans la chambre sans frapper. Je repousse Élodie, j'essaie de reprendre une contenance naturelle qui malgré tout, reste crispée.

— Pas de souci, on allait justement passer la commande. Je te laisse faire et lui annoncer son cadeau, ça te met en condition comme ça.
— Je peux revenir dans dix minutes pas de souci.
— NON, reste ! On passe la commande.

Bon eh bien, passons cette commande puisque Madame en a décidé ainsi. Un retour à la réalité aussi brutal que refroidissant. Elodie laisse sa chaise à Nelly et se met debout contre la porte . Je me prends l'ensemble essayé ainsi que le gloss, Nelly m'annonce ensuite que j'ai gagné un coffret douceur, contenant diverses huiles et un vibromasseur. Elle commence à ranger les affaires. Élodie ne me quitte pas des yeux, je la sens presque énervée mais de quoi? Elle ne dit pas un mot. Nous retournons comme si de rien n'était dans le salon. Élodie et

Nelly remercient les invités, expliquent que les commandes seront livrées dans une semaine et toutes deux prennent congé. Je pensais qu'Élodie resterait, mais non. Quand elle vient me faire la bise pour me dire au revoir et part.

Je crois que j'ai besoin d'un grand verre d'alcool là ! Je passe d'abord par la chambre pour me changer. J'enfile un short en lin qui m'arrive sous les fesses et un débardeur noir. Voilà, je suis plus à l'aise. En revenant, je ramène de la Vodka dans le salon et annonce haut et fort :

— Bon et bien après toutes ces émotions, buvons mes amis !
— Oh, yeah !

Visiblement, Caro est partante. Les verres s'enchaînent et la réunion est le centre de la conversation. Les jouets, la crème magique, tout y passe. Je commence à être un peu pompette et ça doit se voir car c'est ce moment-là que choisit Karen pour me poser LA question.

— Il se passe quoi entre Élodie et toi ?
— De quoi tu parles ? Il ne se passe rien !
— Arrête Ambre ! Tu veux que j'énumère les faits ? Alors, allons-y ! D'un : tu fais passer Paul pour ton mec chose que tu ne fais que quand un mec un peu lourd te soûle. Vous ne vous êtes pas lâchées du regard et quand tu es revenue de la salle

de bains, tu étais à l'ouest. De deux : à chaque fois que Paul jouait le jeu, elle te lançait un regard glacial. Ta commande a duré une éternité et tu avais l'air énervé en revenant. Je continue ?

— Non, pas la peine...

— Alors, balance ! Il se passe quoi ?

La garce ! Elle sait qu'après une certaine dose d'alcool, je deviens aussi bavarde qu'une petite fille de cinq ans. Aujourd'hui je n'y échappe pas, je me retrouve à leur déballer tout depuis le début. L'accrochage, le constat, comment les choses ont dérapé, ce que je ressens, ce qui s'est passé dans la salle de bains et pendant la commande. Je leur raconte tout sans crainte de leur jugement, de mes interrogations en passant par mes ressentis. Cette fille va me rendre dingue, j'en suis consciente, mais je ne peux pas faire comme si rien ne s'était passé.

Je crois que c'est la première fois que je vois les filles et Paul aussi sérieux depuis le début de la soirée...

— Tu es amoureuse ?

— Ne dis pas de bêtises, Caro ! C'est juste qu'elle agit comme un aimant sur moi, je ne peux pas imaginer ne pas la revoir. Et en même temps, tout ça me fait peur.

— C'est bien ce que je dis ! Tu verras, j'ai raison.

— Non, je ne suis pas amoureuse, quelle idée ! Franchement, on ne peut pas tomber amoureuse comme ça juste parce que l'on a passé un moment

144

magique et que l'on rêve de le revivre, non ? Alors oui, elle me plaît, oui elle me manque, mais non je ne suis pas amoureuse. Et puis je ne comprend pas pourquoi elle était énervée après m'avoir embrassé! Mais pourquoi est-ce aussi compliqué ?

Mon téléphone annonce un texto d'Élodie. Quand on parle du loup...

Élodie: Tu es seule ?

Non, pourquoi ?

Élodie: Il faut qu'on parle, je voulais passer.

— Elle veut qu'on parle.
— Qui ? demande Marine.
— Ta mère ! lui répond Caro.
— Ma mère, mais pourquoi ?
— Mais pas ta mère, Élodie ! T'es grave ! Allez go ! On y va, comme ça elle peut venir, mais tu nous raconteras hein !?
— Non mais vous n'allez par partir, c'est l'anniversaire de Karen!
— Meuf sérieux, j'ai eu une soirée mortelle grâce à toi! C'est l'occasion où jamais d'avoir tes réponses.
— Merci! Je vous aime!
— Nous aussi ont'aime. Mais prends soin de toi surtout !

En l'espace de dix minutes la maison est vide,

est-ce que c'est vraiment une bonne idée qu'elle vienne ? Il faudra bien crever l'abcès une bonne fois pour toutes, alors autant le faire pendant que je suis un peu saoûle et que j'en ai le courage.

> Passe quand tu veux, c'est bon

> **Élodie:** je suis là dans 10 min.

Juste le temps de me brosser les dents et de ranger un peu. Je jette un coup d'œil à l'horloge, une heure du matin déjà, heureusement que je ne bosse pas demain, enfin tout à l'heure.

Dix minutes plus tard, on sonne à la porte. Élodie aussi s'est changée, elle porte un short en jean et tee-shirt large dénudant ses épaules. Putain même comme ça, elle me fait de l'effet !!

— Entre, tu veux un truc à boire ?
— Non, c'est bon.
— OK...

On s'installe sur le canapé. Je replie mes jambes sous moi et me place face à elle. L'heure de vérité est arrivée et là tout de suite, je ne suis plus sûre de vouloir l'entendre.

— Je suis désolée, mais en rentrant j'ai tourné et retourné dix mille fois la soirée dans ma tête, et je ne pouvais pas rester comme ça sans savoir.

— Savoir quoi ?

— Pourquoi avoir fait croire que Paul et toi étiez ensemble pour commencer ?

— Quand j'ai vu ton regard quand il s'est présenté, je n'ai pas résisté, je voulais voir ta réaction.

Sans lui laisser le temps de parler, j'enchaîne, poussée par l'alcool et la frustration de cette soirée.

— Écoute Élodie, je suis un peu perdue, on couche ensemble, tu ne me donnes plus aucun signe de vie et pourtant quand on s'est vues la dernière fois, j'ai senti qu'il y avait quelque chose, je ne suis pas folle. Aujourd'hui aussi, regarde ta réaction, la salle de bains, la chambre... Même Karen l'a senti. Alors soit, je me fais des films et on en reste là, soit il y a vraiment quelque chose et on en parle.

— As-tu regretté ce qui s'est passé la première fois ?

— Non, à aucun moment !

— Alors, pourquoi ne pas avoir rappelé ?

— Tu ne l'as pas fait non plus...

— Je ne rappelle jamais.

— Alors quoi ? Je devais le deviner ? Je devais me dire « tiens cette nana, elle est top, mais elle ne fera pas le premier pas, son silence ne veut pas dire qu'elle ne veut pas me revoir ? » Je ne suis pas Madame Irma, putain !

Les mots sont sortis avec plus de dureté que je l'aurais voulu, et l'alcool me rend vulgaire...

— Tu es partie, Ambre. Je me suis réveillée, tu n'étais plus là, je devais le prendre comment ?

— J'étais attendue, je te l'avais dit. Je n'ai juste pas voulu te réveiller.

— J'ai pensé que tu regrettais...

En fait, tout ça n'est juste qu'un gros malentendu. Je ne me livre pas aussi facilement habituellement, mais là, la soirée a été éprouvante moralement et l'alcool m'aide un peu.

— Dès la première fois où je t'ai vue, j'ai craqué ; Penchée dans ta voiture à chercher ce fichu constat, j'étais déjà sous le charme. Je n'ai à aucun moment regretté ce qui s'est passé, oui, je suis plus tournée mec même s'il m'est arrivé d'avoir une ou deux soirées sympas avec une femme. Mais avec toi, c'était différent, il s'est passé un truc spécial, je me suis sentie entière. Je ne peux pas m'arrêter de penser à toi. Et en même temps, tout ça me fout une trouille d'enfer.

Waouh ! C'est moi qui ai sorti tout ça, là !? Elle me regarde silencieuse, comme pour encaisser le choc de ce que je viens de lui dire, puis se décide enfin à parler.

— Puisque nous en sommes aux confidences, allons-y... Je ne suis pas le genre de fille qui rappelle, ni qui revoit une personne avec qui elle a couché. J'ai beaucoup souffert par le passé alors c'est une façon de me protéger. J'ai ressenti ce truc spécial dont tu parles, mais quand j'ai vu que tu étais partie, je me suis forcée à garder mes distances. Puis tu m'as appelée pour la réunion, en temps normal, je t'aurais envoyée vers quelqu'un d'autre, mais j'avais ce besoin de te revoir. Nelly m'a bien mise en garde, mais je n'ai pas écouté. C'est ce que je voulais te dire quand je suis venue préparer la réunion avant qu'elle ne nous coupe. Et quand je t'ai vue ce soir avec Paul, je ne sais pas, j'ai été... jalouse. Alors que ce n'est pas dans mes habitudes. Je me suis forgé une carapace depuis toutes ces années, mais toi en un clin d'œil, tu fais tout péter...

Elle était jalouse, je le savais ! Je n'ai pas le temps de répondre qu'elle reprend la parole.

— Écoute, je veux que les choses soient claires, je ne suis pas du genre romantique. Les mots doux, les balades au bord du lac, tout ça, je n'ai plus l'habitude. Alors je ne peux pas te promettre une belle histoire, tout droit sortie d'un film à l'eau de rose, mais si tu veux que l'on essaie de faire un bout de chemin ensemble, sache que je le veux aussi, je suis prête à prendre le risque et à m'engager.

Là, c'est moi qui reste sans voix. J'ai espéré au plus profond de mon être l'entendre prononcer ces mots et maintenant, je ne sais plus quoi répondre. Serais-je assez forte pour encaisser un échec si cela venait à ne pas fonctionner ? Suis-je prête à m'engager dans

une relation où je risque de la faire souffrir, si finalement, ça ne me convient pas ? Je n'ai jamais été
plus loin qu'une soirée ou une nuit avec une femme.
Mais elle, elle me rend dingue, m'obsède, pourtant
une fois ce stade passé, que restera-t-il ?

Je ne veux pas être celle qui réduira à nouveau
son cœur à néant. Mais je ne peux pas m'imaginer
non plus, ne rien vivre avec elle...

Je ne peux plus faire machine arrière, c'est le
moment de prendre ma décision, une décision qui
aura forcément des conséquences.

Si je dis oui, on risque de souffrir à nouveau à un
moment ou à un autre. Mais l'amour... *J'ai bien dit
ce mot ?!* Ne vaut-il pas que l'on prenne des risques
?
Si je dis non, je le regretterais peut-être un jour
et je ne pourrais plus faire machine arrière, mais au
moins je nous protégerais.
Alors oui ou non ? Il est temps de lui répondre.

— Je veux que l'on apprenne à se connaitre, je
veux tout savoir de toi. Je suis prête à prendre le risque de t'ouvrir mon cœur. Je ne te promets pas non
plus une formidable histoire d'amour, mais si nous
n'essayons pas nous ne saurons jamais... Alors oui !

Le sourire, qui se dessine sur ses lèvres est aussi
magnifique qu'elle. Et sa réaction ne se fait pas

attendre, sa bouche plonge sur la mienne, je ressens dans notre baiser toute la frustration accumulée...

Cette nuit a été le départ d'une succession de bon moment, de découverte, de fou rire.

Peu importe ce que l'avenir nous réserve, le seul constat que je peux faire aujourd'hui, c'est que je lui appartiens corps et âme.

Remerciements

À toutes les femmes qui m'ont inspirée, de près ou de loin. À celles qui se relèvent, qui avancent, qui crient ou qui murmurent. Merci à vous, les "Elles", pour vos voix, vos combats, vos silences aussi.

Un grand merci à mes lectrices et lecteurs, à celles et ceux qui me soutiennent depuis le début ou qui découvrent mes mots aujourd'hui. Vous donnez vie à ces histoires.

Merci à mes proches, à celles et ceux qui ont cru en moi, qui m'ont encouragée même dans les doutes.

Et à la femme que je suis devenue : merci de ne pas avoir abandonné.

Dépôt légal : Mai 2025
ISBN : 979-1-0947-0215-4